글벗시선155 오태수 첫 번째 시집

바닷바람이 머무는 곳

오태수 지음

도서출판 글벗

시집을 출간하며

바람이 분다
이파리가 흔들리고
물결이 출렁거린다
허둥지둥 마음이 바쁘고
손발이 어지럽다
땅인들 어떤들~~
아~ 바다 그곳은

이맘때쯤이면
옆집 앞집 뒷집까지도
망자의 혼이 온다는 날
고기 잡으러 가서
고기밥이 된 슬픈 전설
구수한 쌀밥 냄새가
그게 제삿밥인 줄

난 섬에 태어나 바람이 무서워
그저 평온한 바람이길 바라며
섬을 벗어나 뭍에 살지만

늘 그리운 바다의 내음을 잊지 못하여

바닷바람 되어
이곳에서 머물면서
때론 부드럽고
때론 휘몰아치는 태풍으로
험난한 세상사의
평온한 곳으로 머물렀다

내가 이 자리에 서 있기까지
언제나 나를 지탱해주고
나를 이끌어준 힘의 원천인
깊숙한 창고에서 끄집어내었다

이제 깨끗이 털고 닦아서
시집으로 탄생시켜 늘 곁에 두고
『바닷바람이 머무는 곳』을 출판한다

 앞으로 더 나은 새로운 회초리로 간주하여 더욱 정진
하고 성찰하는 계기로 삼아 자연을 사랑하고 이 세상
을 품고 싶습니다.

2021년 12월

저자 오태수 올림

차 례

제2부 추억 속의 부산

제3부 눈물의 계단

제4부 내 고향 욕지도

제5부 그리움 석류 되어

제6부 마지막 고백

제1부

망각의 세월

울지마

울지 말아라
이 엄동설한에 눈물이 언단다
네가 울면 낙동강은 얼어붙고
산야는 숨도 제대로 못 쉰단다

울지 말아라
무슨 억하심정 그 억눌림의 압박에
분수처럼 쏟아져 나오는 그 찐득한 회한
너의 눈물이 하얀 눈송이 되어서
세상을 뒤덮듯 질식으로 나를 덮는단다

울지 말아라
네가 울면 내 가슴은 찢어지고
너의 흐느끼는 소리에 내 애간장은 녹아나고
두 눈에는 슬픔의 피눈물이 샘솟는단다

울지 말아라
서럽게 통곡하고 나면 텅 빈 그 샘이
허무하게 고갈되어 버린다면
그 무엇으로 채우리 울지 말아라

– 2013년 11월 국제문예 신인상 등단

그대 향한 마음

돌부처도 돌아앉았고
그대도 돌아앉았네
산도 돌아앉고
마음도 돌아앉았는지

가는 겨울도 돌아앉고
오는 봄도 돌아앉았네
그래도 그대 향한 마음이야
어찌 돌아앉을 수가 있으랴

피는 꽃에
벌은 돌아앉지 못하는데
나비인들
어찌 돌아앉을 수가 있으랴

긴 꼬리를 감추는 이 겨울에
어디쯤 오고 있을 봄이 온대
귀 기울여 들어본다

돌아앉은 것에 대한
그 마음인들

오죽이나 단단할까마는
살아 돌아나는 것에는
돌아앉지를 못하리
내 마음은 벌써 봄꽃을 피우는데…

- 2013년 11월 국제문예 신인상 등단

추석날 고향 풍경

고향 가는 길 멀다지만 설렘 마음만큼 길까
그리움 많다지만 저 차량의 수만큼 많을까
하나하나씩 퇴색되어가는 고향의 풍경은
하나하나씩 추억도 사라져 가는 고향의 풍경

낯익은 사람은 그 어디서나 찾을 수 없고
옛사람은 빈집만 남겨두고 저승으로 떠났고
빈집에 잡풀만 무성한 옛 영화를 말해주고
나는 옛 추억을 뒤적이며 추억에 젖어본다

햇볕 잘 들어오고 바람 잘 찾아오는 곳에
한눈에 파란 쪽빛 바다가 그림처럼 펼쳐지고
내지인은 도시로 향해 하나둘씩 떠나가고
외지인 그림 같은 펜션을 짓고 도시인을 맞네

환상을 좇아서 환상의 섬으로 모여들고
나는 그리운 고향 그 길을 걷고 또 걸어보지만
금발의 파란 눈을 가진 외국인도 찾는 내 고향 욕지도
왠지 낯선 고향에서 점점 더 내가 외지인이 되어간다

들국화

가을이 오면 그리운 이름 살며시 떠올려 보고
가을이 되면 보고 싶은 너를 가만히 불러 본다
지천으로 나부대는 흔하디흔한 이름 일지라도
손만 뻗으면 맞잡을 수 있는 들국화 하지만
이름을 떠올리며 불러줄 너이기에 그리움 젖어 본다

열화같은 삼복더위에도 새까맣게 타들어 가지 않고
뭇서리에도 고고한 자태 잃지 않고 향긋한 향기 피우는
내 어찌 소중한 너를 잊고서 모른 체하오리오
쑥부쟁이, 구절초, 해국, 그리운 이름 떠올리며 불러 본다

미소가 예쁜 해국은 쪽빛 바다 그리워 차츰차츰 아슬아슬
그리운 임 향해 작아도 큰사랑 키우며 낭떠러지 무릅쓰고
기다림의 긴 침묵 바닷바람에 그리움 띄워 보내고
그리움 파르스름 물들던 쑥부쟁이
너는 어디서 배시시 웃고 있나

파란 하늘은 가을을 낳고 하얀 구름은 그리움 띄우며
가랑비에 젖고 젖어서 울며불며 가을이 다가오는데
쪽빛 바다 향해 그리움 찾아 하얀 미소 방긋방긋 지으며
차가워도 시려도 작은 몸 낮춰 그리움 품고 기다리는
내 어찌 너를 잊었다 해도 정작 보고 싶음은 너뿐인가 보다

그 성에 가고 싶다

가을과 겨울 사이에 서서 바람과 햇살을 등질 때는
한없이 떨구어지는 나 자신을 곧추세우고자 할 때는
세상을 등지지 말고 세상 속으로 뛰어들고자 할 때는

나만을 위한 무지개 꿈꾸던 그 시절을 거슬러 가보자
공경과 효를 가꾸고 싶으면 수원 화성으로 떠나가 보자
정조대왕의 뜨거운 기를 받고 싶으면 화성에 꼭 가보자

효의 극치를 이루고자 하는 대왕의 염원 높이 높이 쌓았고
큰 아픔 속에 작은 아픔이 소멸하듯 끝없이 달려온 화성
영원한 제국을 건설하듯 효와 사랑이 넘치는 화성에 가고 싶다

사색 깊은 당쟁을 벗어나 사사건건 물고 뜯는 당파로의 자유
홀로 이 사랑을 쌓으며 나만의 사색에 깊이 빠져들고 싶었던
그대랑 거닐면 사통팔달 통할 것 같은 그 성에 가고 싶다

그대의 흔적

당신은 모르실 거예요
이렇게 아실 이 없겠지만
그대의 아픈 상흔을
내 어찌 모른다고 말하겠어요

당신은 아셔야 할 거예요
내가 당신 마음을 알듯이
그대도 모를 수 없겠지만
그것이 미움이 아니라는 걸

당신은 모르실 거예요
당신이 떠나간 그 자리에
당신이 남겨놓은 그 흔적이
내가 깊숙이 박혀 있다는 걸

미륵산

고향의 문턱 낮으나
그 명성만큼은 높아
100대 명산 반열에 위풍당당 섰네

미륵을 기다리는
간절한 마음에서
못 오실까 봐
해저터널까지 만들었나

붕괴할까 봐 다리를 놓고
또 대교를 놓아
오시는 데 불편함 없게 하였으랴

그 산에 올랐던 기억
희미해져 가니
섬 아닌 육지로 너 아닌 나를 이른 가

단숨에 올라서
창망한 다도해 사이사이
섬들 틈 속 술래잡기하듯 눈길 쫓네

저기 저 파란 쪽빛 바다
그 속 유영하면
마음에 파란 물들까 날 쫓다 물들겠지

하얀 구름도 저기 저 섬 위에
내려앉아 하얀 미소에
파란 물들이고 가는구나

케이블카로 쉽게 오르는
남녀노소 내 외국인들로
북적대는 용화산의 미륵산

모두가 다 밝고
환한 미소 미소가
다정다감한 얼굴 얼굴들이 웃네

미륵도의 미륵산에
용화의 세계 속에서
너도나도 모두 다 미륵 되어 웃고 웃네

서리꽃

그대 향한 뜨거운 내 마음 위에
당신의 뜨거운 눈물이 맺혀
영하의 추위 속에 꽃으로 환생했나

솟아오르는 뜨거운 태양에
찬란히 빛날 울 사랑의 결정체인가
차가워서 다가설 수가 없어라

눈부신 서리꽃 당신의 꽃
조금만 더 다가감에 녹을세라
아~ 가련한 내 사랑의 꽃이여!

- 2014년 4월 한울문학 신인 문학상 3편으로 등단

아침 태양

차가운 바람을 가르며 떠오르는
너야말로 부지런함의 대명사군

아~ 미세먼지 짙은 농도 속에서는
오~ 그토록 신비한 재주도 부리고

오~ 오매불망 그리던 오메가를
오~ 이것이 너의 탄생이였던가

매일 앞서거니 뒤서거니 하던
너와 나의 눈 맞춤이 진한 오늘

때론 심술보가 우릴 막아서도
우린 늘 변함없는 사랑이었지

못 보는 날에는 내 가슴은 타고
그런 다음 날 넌 불덩이로 타던

아~ 우리 사랑 가까이할 수 없음에
아~ 우리 사랑 영원히 바라만 보자

- 2014년 4월 한울문학 신인 문학상 3편으로 등단

입원 전야

봄부터 따라다닌 스토커 그러거니 하다가
여름부터 이러거니 하다가 갈 것이라고 여긴
무더우면 더워서라도 녹여 날 것이라고 여긴

그러나 점점 더 노골적으로 다가온 이 녀석을
그리하여 차마고도까지 가서 떼어 놓고 오려던
옥룡설산도 포탈라궁 그 높은 고도에서도

떨어지지 않은 찰거머리로 더 깊숙이 파고드는
가을바람이 불어오니 요 녀석이 더 깝죽거린다
새벽잠을 깨우고 또 깨우기를 여러 번을 행하니

눈알은 충혈되어 가고 볼은 점점 야위어가니
날갯죽지가 찢어져 펼치지를 못하니 어리바리
정신은 점점 희미해져 가고 사리 판단은 오락가락

그래도 한줄기 휘몰아치는 거센 바람이 있었으니
한줄기 작은 빛 같은 줄기를 놓치지 않고서
요 녀석을 둘둘 말아서 덕석말이를 하듯이

요놈을 집행하는 날이 바로 내일이라서

요것 저것 준비하는 것이 한둘이 아니고
추석 명절날 고향 집 가기 위해 준비하는 것 같이

한 가방 챙겨 넣고서 또 빠뜨린 것이 있는지 없는지
입원 전야의 밤은 희망에 들떠있는 마음만큼 설렌다
마치 그리운 사람을 만나러 가는 듯 그렇게 설렌다

약이란

만병의 통치하는 물질을 약이라고 한다
약에 의해서 생사를 가늠한다고 하니
사람이 약을 제조하고 다스리게 하다 보니
이제는 약이 사람을 관리하고 다스린다

사람은 서서히 약물에 중독되어가고
나는 당신의 사랑에 점점 중독되어 가니
어쩌면 이것 또한 약으로 다스려야 할지
지금도 먹는 약이 여러 가지로 의존한대

아픔의 통증에 약을 어이 줄여야 할지
아침의 약을 끊어 봤더니만 견딜 만도 한데
저녁의 약은 새벽이 겁이 나서 늦은 밤에
약물로 젖어 통증을 삭이어 볼까 한다

약이란 그렇게 중독되어 가는 것이고
그리움도 그렇게 약물에 중독되어 가듯
잦은 가을비에 그리움도 싹이 돌아나는지
그대의 하얀 미소가 더없이 그리운 밤이다

- 약물에 젖듯 그리움에 젖는

낙엽

찬 기온이 맴도는 9월의 초가을인데도
벌써 떨어져 나가는 나무이파리를 보니
문득 나 자신을 한 번쯤 뒤돌아보게 한다

나무의 냉정함이 얼마나 지독하게 한지
제 몸의 한 부분인 이파리를 떨구어 내면서
수분을 차단하고 냉랭하게 생명을 구축 한가

운동장 올라가는 계단 위로 떨어진 낙엽들이
처참하게 떨어져 가을 찬바람에 뒹구는 모습
애잔한 가슴을 쓸어내리게 하는 나 자신 같다

너는 힘센 나무서 떨어져 정처 없이 뒹굴지만
나는 힘도 센데 어디서 떨어져 나와 배회하는지
너나 나나 떨어져 나온 것만은 부정 못 할 테지

백로 날에

백로가 찾아드는 평화로운 시골의 풍경을 연상케 하는
이슬이가 찾아드는 그 하얀 미소 같은 가을이 왔
다고
여름의 종적을 찾아서 그 궤적을 따라서 이슬이가 온 날
열다섯 번째의 아우가 슬픈 듯 눈물에 젖으며 하얗게 바랬다

까마귀 날아드는 곳에 어찌 그가 머물 것이며 머물지 못하여
까마귀가 찾아들기 전에 그는 그렇게 뒤도 돌아보지도 않고
언제나 우아하고 도도하게 고개 숙여 시궁창을 헤집지 않았다
고고한 자태를 뽐내며 올 목젖 꽉 찬 멍울 토할 듯 토하지 못하네

백로가 찾아드는 오늘도 이슬이는 찾아들지 않았고 흔적도 없다
하얗게 눈송이처럼 피우기도 전에 백로는 쉽사리 떠나지 않으리
오늘도 백로가 날아올 것을 응시하며 우아하고 고고한 그 자태를
나 홀로 홀로 찢어진 날갯죽지를 폈다 오므렸다 아파 아파서 슬펐다

- 백로가 찾아올 그 날을 기다리며

어둠 속의 잠수

결국 먹장구름은
어둠을 몰아오고 말았네
파란 하늘의 한쪽마저도…
그 안에 너무나 빛나는 별이 되어
감히 바라보지도 못하는 눈부신
찬란하고 영롱한 별이 되었네

어둠 사이로 강물 따라서
불어오는 바닷바람은
그 어느 곳에도 머물지 못하고
강바람에 묻혀 어둠에 묻혀
그렇게 사라져 가나 보다

양심이라는 외유 속에
관계 정의를 내리지 못하고
관계개선 할 의향도 배제하고
단지 양심이라는 칼날을 내세우고서
그 칼날 아래 처참히 참수하듯
영원히 잠수하듯 그렇게 스쳐 가네

멍텅구리 배

뿌연 안개 낀 바다
넘실거리는 파도에
멍텅구리
통통배가 통~똥~통거리며
끈질긴
사슬의 인연을 가득 싣고서
아무도 가지 않는
그곳으로 잘도 간다

배가 닿으면
인연도 닿을 것이고
배가 침몰하면
인연의 사슬은 끊어질 테지
오늘도
멍텅구리 배는 통~통~똥 거리며
인연의 사슬을 안고
파도 속으로 잘도 간다

아무도
가는 그 길을 막지 못하고
그저

바라만 보는 멍텅구리 통통배
한 조각의
양심이라도 놓고 가면 어떨까?

서슬 퍼런 사슬
도끼도 없이 작두도 없이
끊은 것만큼
가슴으로 마음으로 또 엮으니
끊기도 잘 끊고
맺기도 참 잘 맺는다.
멍텅구리
통통배라서 그러한가보다
통~똥~통 멍텅구리 배
그렇게 울면서 가네

망각의 세월

이제는
잊혀져왔던
까마득한 오랜 날들은
아름다운 슬픈 이야기

돌이켜
붙들려 놓고
지나쳐온 숱한 날들은
긴긴밤의 악몽이던가?

한순간
깨우쳐 버린
무지의 영역 속에서
망각의 긴 세월이여!

되돌아
바라본 자취
짧지도 않는 긴 세월
멍던 마음 가눌 곳 어디?

먼 나라

재능을 닦았던 그 나라
꿈과 희망을 키웠던 그 나라
밀입국하듯 정착한 이곳

홀로선 20여 년
영욕의 그 순간들
이제는 지친 나그네의 모습

돌아가고픈 그 나라
잊고 왔던 그 나라
텅 빈 그 나라

그가 반겨 줄까?
떠날 때 재회를 생각했을까?
설레는 이 마음 무슨 연유일까?

사는 모습이 그리워
변한 모습이 그리워
지나온 흔적 찾아가리

울타리

높고 낮은 울타리
올망졸망 울타리
모두를 울타리를 짓네

울타리 밖의 세상
울타리 안의 세상
모두가 한세상 인데

울타리 안의 나는 나그네
울타리 밖의 나는 이방인
허물 수 없는 울타리 넓어만 가네

임은 보이지 않고 울타리만 반기네
마음의 벽 허물 적절한 순간이지만
임은 오지 않고 울타리는 높아만 가네

빈껍데기

옷장에 걸려있는 양복을 보면
빈껍데기를 보는 것 같다

화사한 봄날 깔끔하게 차려입고
멋있고 당당하게 걷던 그 모습이

허위와 가식 속에
진정 나의 참모습 이었을까

바닥을 밟지 않고 떠 있는 삶이
진짜 삶이 아니라는 것을

왜 일찍 몰랐던가
알면서도 모르는 척 외면했을까

빈껍데기 허공에 떠 있는
진실 이렇게 늦게 알다니

절연

태워도 태워도 끝없는 뽀얀 연기
낭만을 찾아 꿈꾸던 그해 이십에
뽀얀 연기 날리며 흥겨워했었지

이십여 년 하루 같이 보낸 나날들
흰 머리카락 하나둘 늘어 가건만
뽀얀 담배 연기 모락모락 피어나네

가뭄에 가슴 타는 늙은 농부의 심정
이른 새벽 여는 도심의 노동자도
모두 다 한숨 섞인 뽀얀 담배 연기

이십여 년 동고동락 같이해온 너
하루라도 없으면 안 될 소중한 너
이별보다 더한 절연으로 거듭나리

귀향

한 무리의 작은 새끼 연어가
넓은 바다 꿈꾸며 실개천 떠나
휘몰아치는 광풍 노도 속 살아남아

작은 연어 넓은 바다 헤집네
유유자적 유영하듯 때로는
동분서주 좌충우돌하며 커가네

아! 보아라 저 휘황찬란한 황금빛
넓은 바다 가득 메운 거대한 빛무리
우리네 삶 저 연어들처럼 살찌울까

꿈 이뤄 못 잊은 고향 찾아가건만
아! 우리네 인생 언제 완성하여
그리운 고향 언제쯤 돌아갈꼬

제2부

추억 속의 부산

추억 속의 부산

태종대
등에 업고 오륙도 보며 꿈 키웠네
갈매기 울부짖던 날 나도 울었다네
영도다리 오가던 슬픈 추억의 다리 위

용두산
높은 탑 올려보던 그 높은 이상은
이제는 남의 땅 그리움만 가득히
깊은 가슴에 눈물 머금고 내려다보네

가슴에
슬픈 추억 묻고 길 떠난 이 십여 년
그대 부름에 주춤 또 망설이며
묻고 떠난 추억 아련히 떠올리네

부산항
넓고 푸른 바다는 내 마음의 고향
눈길 발길 머문 곳 갯내음마저도
모두 다 그대의 포근한 품 안에 안기리

** 고3년 동안 머물렀던 부산을 회상함

그 섬에 가고 싶네

호박꽃 고추잠자리 찾아와 속삭이는
저녁놀 붉게 물들 저 먼 수평선 위
한 쌍의 갈매기 배경 삼아
황소울음 들려오는
혹은 걸어가는 언덕 비탈길

파도 소리 들려오는 바닷가
뒹구는 몽돌 소리와 화음 이루어질 때
저 높은 밤하늘의 수많은 별은
아름답게 반짝이며
긴 꼬리 물고 사라지는 유성처럼
그 섬의 추억하나 묻어나겠네

반딧불 따라 맴돌던 그 어느 해
조그만 고깃배 노 저으며 뱃놀이하던 밤
그 어둡고 어두운 딴 옥섬에서
슬픈 노래 부르던 동무의 반짝이던
촉촉한 눈망울
아직도 생생하게 떠오르는
그 섬에 가고 싶네

– 추억은 아름다운 전설 같은 것

삶에 대하여

하찮은 이 한 몸
내 혼자의 몸이 아니라는 것을
왜 늦게 알게 되었을까

두 눈을 감으면
이 세상 끝이라지만
그 무겁고 두꺼운 눈꺼풀을

내 어찌 못 내릴 가마는
눈감으면 떠오르는 것
너무나도 많구나

소중한 가족이 있기에
소중한 행복이 있기에
아름다운 미래가 있기에

하찮은 이 한 몸
내 혼자의 몸이 아니라는 것을
왜 일찍 몰랐을까

- 아직도 많은 날이 있다는 것에 감사하며

모정

갈매기 노래하는 내 고향 욕지도
구름 한 점 없는 파란 하늘 아래
짙푸른 바다 넘실대는 옥빛 물결은

천왕봉 석양 걸려 오도 가지도 못할 때
붉은 노을 불타듯 온 섬 감싸 안고
뭉게구름 그림 그리며 산 고개 넘네

저 멀리 뱃고동 소리 반가워하며
고향 떠나간 자식 휴가 찾아온다고
늙으신 어머니 기다림에 울먹이네

자식 그리워 얼마나 애태웠던가
왔는가 싶더니 쉬이 돌아간다네
못다 헤쳐 푼 모정의 뜻 알거나 가는지

- 어머니의 자식 사랑하는 마음 영원히 잊지 맙시다

가뭄에 홍수

남쪽은 칠십 년 만의 가뭄이라 시끌시끌
북쪽은 천년만의 왕가뭄 연일 불토하고
남과 북 타는 가슴 땅 꺼질 듯한 마음에

밤낮으로 물길 잡느라 야단법석이더니
갈라진 땅 수술하듯 생명수 흘러 넣지만
말 없는 거북이 등 만지듯 가슴 아파하네

국지성에 게릴라성이라 비 쏟아지던 날
저수지 댐 강둑 넘쳐 무너지고 터지고
물난리에 휩쓸려 사라져간 사람 오지 않고

가뭄에 좁은 땅덩어리 임시방편 눈 아웅
자연훼손 난개발에 아무 말도 못 하더니만
사람이 뿌려놓고 자연재해 천재지변이라네

– 자연환경은 제2의 우리의 생명입니다

7일간의 사랑

칠 년을
기다려온
그 긴 세월이 아쉬워서
칠 년을
숨죽이며 살아온
그 어둠의 공포에서

한낮의
땡볕 속
큰 나무 부둥켜안고서
그렇게 슬피 울던 이레 동안의 생애

그 나무
아래에 서면
그 슬픔의 노랫소리
뚝 멈춰 버린 적막감에
나도 모르게
휑하니 마음 쓰리네

- 여름의 소리는 사라져가고

마지막 여름

가기 싫어 그렇게 몸부림치면서
짜증스럽게 열 올리며 가지 않고
마지막 악쓰며 떼쓰며 기승부리네

올 적에는 말없이 오고 갈 적에는
그냥 그저 살며시 가면 누가 뭐라나
꼭 그렇게 해야 속 시원한가 보구나

어차피 가면 또 올 걸 살짝 갈 것이지
그때 오면 또 예쁘게 반겨 주지 않던 가
꼬박 일 년을 기다리지만, 그것도 잠시뿐

갔는가 싶으면 어느덧 되돌아와서
짓궂은 몹쓸 짓 혼자 다 저지르면서
가는 아쉬움 못 참아 영영 안 올 듯하네

내 너를 너무

내 너를 너무 진솔하여
말없이 조용한 너를
파문 일으켜

내 너를 너무 좋아하여
그 아픔 더 할 때
내 너를 위해 무엇 하랴

슬픔도 아픔도 묵묵히
고통도 질책도 말없이
내 너를 사랑하리

그대 넓은 가슴에
사랑으로 감싸 울 때
그대 나를 용서하소서

아픔만큼 성숙한
거듭난 너를 보면
허물 한 겹 벗겨 내린 듯
그대 순백한 정신 깃들겠네

내 너를 너무 사랑하여
행복하노라고

내 너를 어찌
사랑하지 않으리오

가을 안개

희미한 그대 모습
베일에 싸인 그대

그대 모습 감추고서
나를 찾네

그대 고운 목소리
두 귀 열고서

그대 목소리
나를 찾네

물안개 갇힌
넓은 황금 들판

그대 모습 감추고서
나를 찾네

가을 하늘

새파란 하늘에
한 점 구름 없이

해맑은 하늘만큼
그대 마음 고와라

가을 하늘에
그대 모습 띄워

내 마음 둥실 떠가듯
그대 향한 두 눈길

마음속 깊이 파고들어
그대 마음 한쪽 구석

비집고 들어가리
파란 하늘에...

충무 할매김밥

고향 가는 길목에는 충무김밥 늘려있어
한 집 건너 할매김밥 삼대 이어 내려왔네
육십 전통 옛날 방식 오리지널 충무김밥

많고 많은 김밥 간판 헷갈려서 못 찾겠네
멍석 말듯 둘둘 말린 무김치 주꾸미랑
시래깃국에 슬슬 녹던 그 옛날의 할매김밥

보충병의 집단훈련 할매김밥 멍석말이
해운센터 할매김밥 어디 가서 찾아보나
너도나도 전통식에 충무김밥 원조라네

충무김밥 어디 가고 어묵볶음 깍두기에
대궐 같은 음식점에 큰 간판만 뽐내는구나
할매김밥 먹어 본 지 몇 해 만에 처음이네

– 추석 고향 다녀오면서

천불산이 어드메뇨

매화산 가는 길에 청량사 반겨주고
아담한 절의 풍경 대웅전 석가좌불
천불산 입석부처 일천 불 서 있다네

들녘은 황금물결 단풍은 만산홍엽
금강산 옮겨놓듯 기묘한 만물상들
제이의 금강이라 남산의 제일봉아

보았네! 족장 찍힌 나무의 아픈 흔적
알았네! 오방위에 묻어둔 소금 유래
느꼈네! 일제 만행 소나무 송진송출

매화산 가는 길은 천불산 오르는 길
천불산 가는 길은 속인은 어찌 알랴
마음은 어디 두고 육체만 앞서가네

선희와 옥이

석양을 등에 메고 가파른 오르막길
그대들 두 손 잡고 마음에 발맞추어
부엉이 기다리는 어둠의 골짜기로

솔잎은 은은하게 그 향기 뿜어내고
바다의 맑은 바람 뒤에서 밀어주며
우정은 싹틔우고 친구는 영원하네

정답게 걸어가는 그 모습 아름다워
마음에 그 모습을 이제나 그려보며
그 이름 선희 옥이 영원히 잊지 않네

고향의 오솔길은 언제나 있지마는
못 오는 천 리 고향 바다가 길을 막나
고향의 우정 친구 한 번쯤 찾아보세

- 두 친구의 깊은 우정 변치 말길

담쟁이 넝쿨

그리울 때 잊혀 지지 않겠죠
보고 싶을 때 그리워하겠죠

한 잎 두 잎 붉게 물들 때
그곳에도 가을은 깊어 가겠죠

너를 안고 온 지난 설날
한 잎 두 잎 달팽이의 장난에도

타향의 설움 속으로 삭이며
가지런히 아름답게 수놓았구나

마지막 잎새 떨어져 내릴 때
황량한 도심에서 속삭이겠지

파란 바다가 보이는
돌담이 그립다고

욕지도의 고구마

울긋불긋 겉치레 홀랑 벗어버리고
드러낸 허연 너의 둔덕 떼기
젖무덤 사이사이 긴 사래 골

콧김은 쌕쌕 봉우리 핥으며
너의 몸은 하염없이 부서지고
우뚝 솟은 나의 핏대 줄

새색시 손길처럼 살며시 어루만지듯
너의 하얀 손바닥은
수액 뚝뚝 흘러 박히고
나는 빨갛게 홍당무가 된다

나의 육신은 용광로 속에서 활활 타오르고
서서히 타다가 진득한 냄새
생욕 불러 일으켜 세운다

너의 고운 손결에 한 꺼풀 벗겨지고
뜨거운 육체는 너의 시꺼먼 구멍 속으로
분주히 드나든다

취하듯 잠 던 너의 모습은
포만감에 한없이 행복하네
하얀 미소가 더욱더 그리운 계절에

– 고향의 고구마가 먹고 싶은 계절, 밤고구마 물고매 (홍시) 존디기 모두 그리운 나 어릴 때의 주식. 이제는 옛 추억이 잊혀 가는 고향의 음식…

소록도를 찾는 천사

갈매기 소록소록 울고 가는 외딴섬
아무도 찾지 않은 외로운 섬 소록도
그대 둘 은빛 금빛 날개 달고 찾아가
그대의 고운 마음 예쁜 손길 뿌리네

흉스런 얼굴 얼굴들 비뚤어진 마음도
힘없는 도리질도 마다하지 않고 껴안고
내미는 손길마다 만져주는 그 마음
그대의 예쁜 손은 천사의 손이 아닌가

어둠의 가슴속에 희망 씨앗 묻고서
눈시울 눈물 받아 생명수로 뿌리고
목메 소리 낮춰 가슴마저 미어져
씨앗이 트는 소리 귀 기울어 듣는구나

갈매기 소록소록 울어주는 소록도
세상사 인심인정 작은 선물 안고서
하얀 천사 되어 찾아가는 그대들
그 또한 그대들의 공덕 쌓는 일인고

산업 현장의 하루

눈 가리고
입을 막고
귀도 막고서

멍텅구리 장갑 끼고
빨간 불
파란 불 일으켜서

때리고
찌지 고
파란 연기 날리며

소음은 가시 되어
막은 귀 파고들고
가린 눈 너머 파란 불꽃은 나를 유혹하네

막은 입 말없이 삭이고
어둠 속에 찾아오는
까만 밤을 맞는다

앙금

어둑새벽을 깨우는 은은한 종소리는
미명 속에 물결 되어 밀려오고
그 물결 위에 살며시 앉아서
마음속 앙금 하나씩 꺼내 띄워 보낸다

이십여 년 띄우고 띄워 보내지만
새벽을 여는 종소리 마음도 깨우고
고향의 바닷바람도 가슴에 와 닿는데
샘물처럼 솟는 앙금 마르지 않네

석양의 해거름 어둠의 울타리 만들어
마음의 앙금 하나, 둘 싹틔우고
임 향한 마음 그리움에 젖어 들어도
그대에 대한 앙금 해금할 길 없네

어둑새벽을 깨우는 은은한 종소리는
오늘도 어김없이 울려오는데
발밑의 낙엽은 소리 죽여 누워서
밝아오는 여명 온몸으로 맞는구나

재약산의 가을

가을 산이 울고 낙엽 눈송이 흩날리는
표충사의 옛 이름 죽림사를 돌아서
재약산을 오르는 중생은 무얼 얻으러

사자봉이 포효하는 사자 평원에
고사리 분교는 고사 된 지 그 몇 해였던가
그 아이 지금쯤 어디에서 무얼 하는지

춤추는 층층폭포 오색 무지개 걸리고
구름다리 아래 흑룡은 돌 틈 사이
빠져나오지도 못하는데

갈산이 울고 낙엽 눈송이 흩날리는
산사의 풍경소리 청아하게 울리는데
중생의 무거운 병 영정 약수 한잔이면 어떠리

* 천황봉이 사자봉으로 정정됨

재약산의 풍경화

영남의 알프스라 재약산 사자봉아
오색의 서운 광채 죽림사 모로 앉고
삼층 탑 풍경소리 번뇌의 사슬 끊네

석문암 올라서니 한계암 금강 폭포
골 깊은 가을 산은 서럽게 울고 있는
천황봉 밀어내고 사자봉 재위하니

석문의 입석 신하 공손히 맞이하며
광활한 사자평원 억새의 황금물결
임진년 구국 승병 승려의 도포 자락

춤추는 층층폭포 오색의 무지개가
절벽의 폭포수에 예쁘게 걸터앉아
영롱한 그 광채는 부처의 현신인가

흑룡은 아직도 승천할 기미가 없고
짓눌린 바윗덩이 부수고 승천할 날
그날은 새 세상이 열리는 그날일까

* 죽림사는 표충사의 옛 이름

소나무

늘 푸른 너를 보면
항상 혼자라 해도
언제나 변함없는 너를 보면
내 가슴에 뿌리내린 너를 생각한다

그곳이 험악한 바위 위 일지라도
물기 없는 메마른 암반 석이라도
한 줌의 따스한 햇볕 한 덩이 같은
당신의 따뜻한 관심이 있으면

그늘진 곳이라 해도
바람만 불어오는 언덕이라 해도
당신의 뜨거운 그 가슴에 붙잡아 눕듯
당신의 뿌리는 굳게굳게 박혀 든다

- 창원 대암산 바위 위의 소나무

제3부

눈물의 계단

해수 약사여래 보살

그 맑고 맑은 얼굴
거짓 없이 들려다 보아도
지친 육신의 보잘것없는
몸 따리를 그대 손에
붙잡혀 드리오니

그를 불쌍히 여기셔서
발끝에서 머리끝까지
아픈 곳 하나 없이
그 고통에서 건저주소서

내 육신의 그것보다도
내 당신의 그 아픔 없도록
그 고통의 세상에서
해방의 세계로 구제해주소서

소생의 참 의미를
진실로 느끼게 해 주소서

- 해동 용궁사에서

해동 용궁사의 해룡

언제든지 그 가고픔
목말라하듯 가고픈
바다가 지천에 있건마는
날아가지 못하는
해룡의 처량한 신세

붙잡는 것 없어도
매인 건 없어도
날아오르지 못하는
해룡의 불쌍한 신세여

갈 수는 있어도 떠날 순 없듯이
해풍만 마시면서
오늘도 의젓한 고통의 갈무리
가슴 깊숙이 숨겨두었나

해룡이 날아 바다로 향하는 날
그날이 새로운 세상이
도래하는 날 알려는가
해풍 불어 좋은 날이었으면…

잡초

오늘은
내 마음의 텃밭에서
잡초를 뽑았다
끈질긴 잡초의 습성에
내 곡식은 메말라가고
잡초만 무성하게
살이 올랐다,

아무리
잡아 뜯고 뽑아내어도
억세게 질긴 뿌리는
토막토막 잘리어 나가도
기나긴 장마 속에
또 돋아나겠지

제초제
한 병이면 내 마음의 텃밭은
잡초 하나 없겠지만
비리비리 영양분 없는
식물이 알알이 맺혀본들
제초제의 그 독성은

내 몸속에서 세포를 죽이겠지

아서라
차라리 소출 적은 곡식을
없는 듯 그렇게 거두리
오늘은 푹푹 찌는
안개 뽀얀 수증기 같은
가마솥 안의 내 텃밭에서
잡초를 뽑는다

눈물의 계단

강가에 어리는
아침이슬의 결정체였나요
뽀얀 안개 속에
피어나는 두 줄기 뜨거운
물기둥이었나요

차라리
차가운 두 줄기 고드름
가슴에 심으시지 않고서
흘러내리는 성수는 죄악의
사함이던가요

오르는 그 계단
하늘을 향해 둘러 놓여도
번뇌의 백팔 계단이 아니라도
오르고 또 오르는
눈물의 계단이었던가요

흘러내리는 눈물만큼
가는 영혼 깨끗함에
오늘도

무릎 꺾고 눈물 뿌리나이까?

강가에 어리는 안개 속의 결정체로
이 새벽을 두드리는 것은
그대 구두 뒤축이었나요
그대 영혼 말갛게 피어나는
아침 안개처럼 영생하시옵소서

흐르는 눈물

두 눈에 흐르는 눈물
뜨겁게 흘러내리며

우는 소리소리 크며
가슴마저 울리겠지만

흘러내리고 그치면
헝클어진 얼굴 쭈그려
보기마저 흉하겠네

가슴으로 우는 눈물
그 속을 알 수가 없어
깊고 깊은 영혼마저 울리겠네

속으로 우는 소리 겉으로
들리지 않겠지만
하늘을 울리고 마음을 울리겠네

진정 흘러내리는 그 눈물이
속으로 흘려 내려
마음을 울리고 하늘을 울리길.....

메타세쿼이아

메타세쿼이아를 바라보면

너를 생각한다

그 흔한 까치둥지 하나 틀지 못하고

고고한 그 기상 그 누가 넘보리까.

뿌리 깊은 너는 그 숱한 비바람에도

잔가지 하나둘 흔들릴 뿐

곧게 뻗은 너의 그 진실함에

마치 흔들림 없는 너를 보는 듯

메타세쿼이아를 바라보면

내 마음 든든하여

땅속 깊이 너에게 안겨든다

사월이여

잔인한 사월은
자목련 고개 꺾어 놓고

빨강 동백은
벌써 퇴색되어 사라져가고

매화 송이 꽃잎
빗물 따라 흘러 떠나간다

사월은 화려하고
아름다운 꽃을 삭이며

잔혹하게 사월의
생채기를 가슴에 남겨

제아무리
송홧가루 덮어 분칠하지만

아픈 상처는 신록의
오월을 잉태하고서

그 아픈 흔적 가슴에 묻어둔다

아름다운 작은 낙원이 그곳에

울타리 안에
허드레 피어 있는
보라색 아름다운 그 꽃이 예뻐
내 그곳의
작은 낙원이라 부르리

저 먼
산 넘어 불어오는 해풍마저
그 꽃향기 찾아 불어오고
산새 소리 즐겁게 노래 부르는
그 작은
울타리 안의 보금자리가
지상의 천국 그 낙원일까

노란 꽃 색깔 한잎 두잎
보라색 꽃잎을 가려도
분명 어우러져 흐르는 시냇물도
한가롭게 노래 부르는
내 그곳의 작은 낙원일세

향기

아픔을 앓아본 사람만이
아픔의 고통을 아는 법

묵은 가지에서 새싹이 돋고
아름다운 꽃이 피는 것은

긴 겨울의 아픔 고통을
견디고 이겨 냈기 때문에
그 향이 아름답듯이

당신이
오늘 이 자리에 선 것

잘 참고
이겨 냈기 때문에

당신에서 아름다운 향이
봄 향기 솟아나듯 솟아나네

노을(1)

하늘 끝
하루가 묻어있고
하루 끝 그리움이 돋아나고
심장에 불화살 쏟아서
소년 시절 그 뜨거운 심장
죽어가는 그 세포 살아나던

황혼에
불그스레한 당신의 홍조
또다시 살아나고
그 오솔길에
노을빛 불쏘시개 되어
그 소년의 가슴에
불화살 활활 살아나던 날

당신이
보던 그 자리에
모둠발 세우고
해바라기 하던 곳
당신 가슴은
뜨겁게 불타오를 때

노을은 부끄러워
바닷속으로 숨었더이다

언제나 가슴에
남아있는 저녁노을
희망과 꿈이 있는
오렌지색의
노을이 환하게
당신 삶의
누울 자리를 비추소서

사라져간 작은 새

오늘도 그는 날지 않았다.
오가는 길에 혹시나 하면서
하늘을 유심히 바라보아도
역시 그는 그곳에도 없었다.
그가 늘 앉았던 그 자리
빈 가지만 덩그렇게 뻗어있었다.

그때였다. 어디선가 나타난
무엇에 쫓기듯 사력을 다하고
아니 잡으러 필사적으로 뒤를 쫓고 있었다.
쫓고 쫓는 그 간격이
오십 센티미터 그대로 유지한 채
그렇게 어디로 가고 있었다.

그러나 그는 아니었다.
그 어디에도 없었다.
텅 빈 하늘 가득 산들만 우뚝 서 있었다
까마득한 저 산 넘어
그 어딘가에 있을 것 같았다
저녁 하늘은 옥색 얼굴로 내밀고
빈 가지는 부르르 떨고 있었다.

경칩 사랑

봄비 내려
목마른 대지 적셔주듯
겨울 속에
기다려온 봄을 적셔주네
봄은 겨울 속에서도 흘렸다

창공을 나는 새
날갯짓 하지 않아도
흐르는 기류에
가만히 흘러가듯이
우리 사랑 그렇게 흘러가자

얼음장 밑으로 봄이 흐르듯
마음 가는 대로
우리 사랑 가만히 흘러가자

아무리 잊으려 애를 써보아도
지나온 세월 강물에
버리지를 못하더라도
그 어떤 대가를 바라지도 말고
더럽게 셈도 하지 말자

봄이 오면 새싹이 움트고
꽃망울 맺혀 꽃이 피듯
때가 되면 땅속에서
개구리 튀어나오듯
우리 사랑 그렇게
가만히 홀로 내버려 두자

당신의 더운 입김

사방에 둘러싸인 바람 무덤 속에
차가운 가슴 차창 안에 묻고서
서산 넘어가는 저녁 햇살 붙잡고
설움 마음 엮어본다

바람 무덤 속에 불어오는 거센 투쟁
야위어가는 저녁 햇살처럼 아쉬움만
붉게 바삭바삭 삭이어간다

바람결에 휩싸인 소나무도 울고
애마는 사시나무처럼 몸부림칠 때
한줄기 더운 기류 내 가슴 쓸고 간다

미풍이었다. 봄이 오고 있었다
더운 기운 내 가슴 녹이며 찾아온 것은
당신의 뜨거운 입김이었네

봄인 줄만 알았습니다

따스한 햇볕은
겨울을 녹이고
새들은 봄이 왔다고
울어주는 아침

당신의 감미로운
음성이 들려오고
당신의 은은한
향기가 봄을 알렸다

두꺼운 겨울의 옷
한 겹 두 겹 벗듯이
미움의 옷
그리움의 옷
슬픔의 옷 모두 벗었다

봄 같은
당신의 따스한 품으로…
꿈같은 시간을
긴 시간을…

아니 이월의
마지막 이틀을 까먹듯이
그렇게 기다리며
긴 겨울을 털고 깨어났다
난 정말 봄인 줄만 알았습니다

따스하게 가슴 내밀며
꼭 안아주는
그런 봄인 줄만 알았습니다
아직 이른 봄에
찬바람만이 나를 반겨주는군요

그대 가슴에 돋아나는 것

쏟아지는 것이
어찌 비뿐이겠는가

두 눈에 빤짝이는 것이
어찌 까만
눈동자뿐이겠는가

축축이 적시는 것이
어찌 대지의
가슴뿐이겠는가

그대의 가슴에도
말없이 내리어
흥건히 젖어 있겠네

눈부신 해님 대지를
말리지만
그대의 가슴 무엇으로 말리나

따스한 햇볕은
새싹을 돋우겠지만

그대 가슴에 돋아나는 것
서슬 퍼런 가시의 송곳이려는가

해월정에서

해와 달이 공유하는 이곳
내 여기에 와 섰노라

그대는 붉게 얼굴 붉히며
만발의 미소 머금고 바라보며
날 따라오라 손짓하지만
내 너를 보내기 위해 예 섰노라

동백섬 허리 끼고 드러누운
해운대 모래사장 하얀 파도 속으로
너를 묻었네

너무 눈부신 너였기에
너무 뜨겁게 불타기에
주체할 수 없는 너였기에
그런 너를 저 해운대 바닷속으로
널 떠나보내어야만 했다

이제 뜨거움도 눈부심도 없는
당신을 맞이하기 위해
내 여기에 와 섰노라

화려하지도 추하지도 않은
1년 전의 그 모습 그대로
당신을 반기노라

칼로 쪼개는 고통도
온몸으로 받아내고
다소곳이 참으며
아픔과 기쁨의 모습으로
항상 어둠의 저 깊고 깊은 골짜기
내 마음 어둠 곳에

은은한 빛으로 찾아와서
찬찬히 비추며 들쳐주고
보드라운 손길로 어루만져주고
따스한 입술로 축여주며
그윽한 그 눈길로 바라보며
내 가슴에 꼭 안겨 오던 당신

찬란하고 눈부신 그를 보내고
부끄럼 많고 항상 뒷전에 서서
나를 토닥거려주고 쓰다듬어주는
내 당신을 맞이하기 위해
내 이곳에 와 섰노라

떠나가는 겨울

밤비 오던 날 당신은
소리죽여 그렇게 슬피 울었더이까?
가기 싫어 몸부림치며
엄동설한 그렇게 추위에 떨면서
가지 못한다고
애걸복걸하셨던가요?
눈발이 펑펑 쏟아지던 날밤
아무리 달래며 사정하여도
막무가내로 그렇게 눈 속을
훨훨 날듯이 깡충깡충 뛰시면서
좋아라고 하시더니만
차라리 그때 훨훨 날아서 가시지 않고서
밤비 오는 안개 속 어둠 속으로
그렇게 헤매 이다가
어디로 가시겠단 말인가요?
봄이 비를 타고 내려오는 밤
당신은 비를 타고 떠나려 하십니까?
원래의 그 자리로
묵뢰의 고통 속으로 매 발톱 세워
하늘의 못으로 그렇게 떠나시렵니까?
이제 가면 언제 오시나이까?
차라리 내 안에서 묵상의 날개를 접어서
영혼을 묻어 영원하시지는 않으시겠습니까?

봄비가 찾아오던 날

소리 없이 이렇게 찾아와
목마른 나의 갈증 축여주고
설움 가슴 한껏 토해놓듯
소리 없이 왔다가 흔적만 남겼네.

메마른 가지 끝에도
가기 싫어 이산 저산 긴 골짜기
아름드리 그 뿌리까시 껴안듯
치덕치덕 붙잡은 잔설까지도

뜨거운 너의 눈물로 씻어내듯
기나긴 겨울의 철장 떠내려 보내고
내 마음속에 이렇게 모로 앉았네
네가 찾아오던 날 하늘도 반겼다

짙은 안개 속에 헤매는 길이라도
제아무리 캄캄한 어둠 속일지라도
봄 향기 피어나는 아지랑이처럼
내 안에 피어나는 봄을 어쩌지 못하리

하얀 목련

임을 향해 어느 하나
고개 들지
아니 한 것 없는
임을 위해 스스럼없이
숨김없이 모두 다 드러내는
하얀 속살마저도

오모라 진 입술 적시고
다소곳이 바라보는
살며시 홀린
너의 커다란 순백의 창
저무는 엷은 햇살에
투명 서럽게 빛내는 미소

오직 임만 향해
바라보는 것으로 만족하는
성결한 너
차마 가까이할 수 없구나
어느 날 우수수 떨어지는
너의 마음의 잎들을 어이하라

겨울의 비애

음지에 쌓아둔
눈 덩어리
녹으려 녹지 못해
안달해서 하더니만

이제는 녹기 싫어
안달해서 하는 듯
녹아내리는 물이
눈물이지 눈 물 인지

음과 양이 존재하듯
추운 겨울과 따스한 봄이
함께 존재하는
내 마음의 숲에는

밤새도록 겨울바람
가기 싫어 울어대고
한낮의 따스한 햇볕
빨리 보내라고 앙탈하네

차창에 내린 뭇 서리

하얀 꽃 피워 덮었네
한 맺힌 원한 삭이려
서리꽃 되어 찾아왔나

아침의 고운 햇살
눈부신 찬란한 봄빛
온몸으로 서리꽃 안아
찬찬히 녹여 내리네

올가미

끈 없는 끈에
내 목은 끝없이 감겨들고
이제는 바동바동 소리쳐
빠져나오려 해도
헤어나지 못하네

끈 없는 끈에
내 몸은 당신의 올가미에
철저히 감겨나 봅니다
아무리 애를 써 봐도
아무런 소용이 없네

순 하디 순한
당신의 순한 양이 되어
당신의 푸른 가슴에
천천히 길들어져 갑니다
놓아도 가지 않은…

끈 없는 끈에
당신이 아무리 쫓아내어도
나는 잘 길들어진 당신의 양
이제는 갈 곳이 없는
당신 사랑의 올가미에
폭 빠졌나 봅니다

제4부

내 고향 욕지도

시소 놀이

산들은 우락부락 근육질 자랑하고
나무들은 솜이불 덮기 위해 가을부터
그렇게 옷을 홀라당 벗어버렸나
자연의 섭리대로 가지치기도 하는…

그 모든 우리의 인생사 시소 같은 것
내가 올라가면 당신은 한없이 내려가고
그대가 올라가면 나는 주저 없이 내려앉고
당신이 내려가면 나는 어김없이 올라가네

너 가 올라가면 나는 주책없이 내려간다.
오르고 내리는 우리네 인생사 부질없는
봄날의 아지랑이 같은 것
그 모든 것이 다 제자리로 돌아가는데…

그대 곁의 빈자리 그 누가 앉으리까?
아직도 그 틈바구니에서 헤매누나.
봄날이 코앞에 왔는데 시소는 덩그러니
외로이 서 있구나. 아~ 그 시절이 그립구나

긴 기다림(1)

어둠이 땅 위로 내려앉을 때
나는 저녁 하늘에 노을이 된답니다.
아름다운 천상의 소리가
바다 위로 울려 퍼져 갈 때
바다물결 출렁이는 내 가슴은
붉은 노을 바다에 잠기고
가만가만 파도에 몸을 숨깁니다.

철썩이며 때리고 가는 파도가
힘없이 넘쳐 돌아올 때
나는 가냘픈 바닷바람이 되어
그대의 가슴에 파고들고
그대가 갯내음 묻어난다고
쫓아내면 나는 강물 따라
한없이 달려갑니다.

초원의 향기 묻어나는 강가에서
당신이 아주 그리울 때
나는 수줍은 수선화가 됩니다.
강물에 어리는 초라한 내 모습에
한없이 눈물 뚝뚝 흘러내립니다.

당신께 긴 사연 적은 꽃잎 한 잎
강물에 수없이 띄워 보냈지만.

기다려도 오지 않은 당신
보고 싶음은 붉게 물드는 노을의
핏빛 세운 눈동자가 되고
가슴은 출렁이는 물결처럼 흔들리며
목은 수선화의 가냘픈 꽃대가 됩니다.
그리움의 노예가 되어 오늘도
그대 오는 길목에 서서 길게 목을 세워
핏빛 눈으로 가슴 넘어 그대를 바라봅니다.

긴 기다림 (2)

서녘 하늘에 보름달 기울여가고
동녘 하늘에 해님 고개 내미는
신비한 아침이 열리는 상쾌한 날
차가운 바람은 가슴을 적시고

눈알은 툭 튀어나올 것 같고
콧물은 막혀 숨마저 몰아쉬며
목젖은 침마저 가로 넘기질 못하네.
머리는 천근만근 터질 것 같아도

기울여가는 저 보름달보다도
눈부신 찬란한 그 햇살보다도
내 가슴에 멍 던 멍울 지울 수 없어
그 소리에 가만히 귀 기울이어본다

어둠이 말없이 내려앉고
그리움이 나를 감싸 안을 때
보고 싶음의 애타는 마음은
새까만 숯 껌정 되어 굳어버린다

사랑과 우정

티 없이
맑은 하늘처럼
사랑은 노래 부르고
하늘을 보면
내 임의
마음을 알 수가 있지만

변화무쌍한
하늘의 변화에도
우정은 변화치 않고
사랑보다
더 진한 것은
영원한 우정의 친구뿐

사랑은
나뭇잎의 단풍처럼
철 따라 변화지만
나무의 뿌리처럼
변화치 않는 것은 우정일 뿐

사랑은

하트모양으로
뜨겁게 달아오르지만
우정은
언제나 변함없는
동그라미와 같은 것

스치는 바람결에도
흔들거리는
사랑이지만
폭풍이 휘몰아쳐도
변화치 않는 것은 우정일 뿐

난 정말 몰랐습니다

가을 단풍이 아름답다고 하여
당신과 함께 단풍을 찾아서
산으로 계곡으로 골짜기의 언덕으로
물가의 벼랑으로 다가갑니다.

언제나 고운 당신의 마음만
아름답고 예쁜 줄만 알았는데…
단풍 나뭇잎이 아름답다는 것을
난 정말 몰랐습니다.

노을이지는 오솔길에서
한잎 두잎 떨어지는 단풍잎은
마치 당신이라는 나무가
나라는 단풍을 잘라내는 듯

내 가슴을 싹둑싹둑
가위질하는 당신의
그 마음이 모질다는 것을
난 정말 몰랐습니다.

당신이 원하는 것이라면

내 비록 아픈 가슴일지라도
흔쾌히 거절 못 하고
내 마음을 불태웠습니다.

난 당신이 정말로 나를
위하는 줄만 알았기에
이렇게 만신창이가 되어
이산 저산을 떠돌아다녀도
가슴이 이렇게 아플 줄 는
난 정말 몰랐습니다.

첫눈이 내리는 날에

바람도 잠들고 하늘마저도 숨을 죽이고
폭풍 전야의 고요함이 정적의 시발점이던가?
참고 또 참으며 슬픈 가슴 꾹꾹 다져 눌러보지만
치밀어 오르는 것보다도 더 빠르게 흘러내리니
동백꽃 봉우리에도 목련의 터질 듯한 가슴에도
슬픈 기다림을 목매어 기다렸던가?
개나리꽃은 노란 속살을 파르르 벌써 봄을 기다리는데
그리움은 어느새 펑펑 소리 없이 쏟아져 내린다

첫눈이 오면 내 가고 싶은 그곳에도
하얀 눈이 소리 없이 소복소복 내렸으면   한다
동백꽃 봉우리에도 하얀 목련의 가슴 위에도
개나리 꽃잎의 속살에도 따스한 봄볕을 기다렸듯이
내 가슴 위에도 봄볕보다 더 푸근하고
솜털보다 더 푹신한 그런 첫눈이 내렸으면 한다
세상이 하얗고 내 마음도 하얗고
당신의 고운 마음도 순백의 눈처럼
나를 기다리고 있을 당신의 그 영혼을 안으리.

천사의 일기

이천삼년의 해가 떨어지고
드디어 이천사가 찾아왔건만
이제는 그 아름다운 천사의
일기를 더는 볼 수가 없으랴

한 자 한 자 또박또박 정갈한
천사의 마음을 훔쳐보는 듯
그 행한 흔적의 발자취를
나는 가만가만 뒤따라 간다

고운 마음 가슴으로 내보이고
슬픈 마음 두 눈물로 적셔주던
그 어느 날 가만히 찾아와서
내 마음을 울리었던 천사의 일기

올해도 그 천사 가슴에 찾아와
고운 마음 따뜻한 가슴으로
어루만져주고 눈물 적시는
천사의 일기를 적고 또 적을까

그래도 신기하게 살아간다

하늘의 조류독감
세상을 날고
돼지는 콜레라에 자빠지고
소들은 미쳐서 날뛰는
요즘의 보기 드문
진풍경 속의 세상에
나는 그 속에서 신기하게 살아간다.

산골짜기마다
쓰레기는 구석구석
처박혀 산들은 죽어가고
하천 물은
새까맣게 잘도 흘러가며
냄새는 시꺼멓게
쉼 통을 쫙 와도
나는 그 속에서 신기하게 살아간다.

그리움은 깊어
바다 깊숙이 빠져들고
보고 싶음에 안달 나서
하늘을 날아들어도

멀고 먼
그리움의 바다를 건너지 못함에
꼼짝도 하지 않은
파도에 바위처럼
나는 그래도 신기하게 살아간다.

삼여도

아무도 찾지 않는
새들마저도
찾아오지 않는 곳

각각의 모습으로 돌아앉고서
천년만년 파도에
쓸쓸히 지켜왔구나

바람마저도 잠재우고
어둠 골의
저 깊은 수심까지도

우뚝 내리뻗어
천년만년 변함없이
신비로움 품고서 지켜왔네

내 안에 너를 숨겨 놓듯이
욕지는 너를 숨겨 놓고
설렘으로 안고 돌아가는구나

삼여도의 신비경에

너도 놀랐고
나 또한 놀라듯이

어쩌면 하나뿐인
우리의 사랑도
저 삼여도의 뿌리처럼

하나둘 셋 모습으로
알 수 없는 저 수면 속에서
진정한 참모습을 잡기나 할는지

우수를 하루 앞두고

우수를 하루 앞두고
매정하게 떠나야만 했던가
기나긴 동토의 땅에서
온몸 녹이며 호호 뜨거운 입김 불어 넣던
얼어붙던 마음의 응어리
저녁노을에 붉게 불태웠던
신기한 산자락 보름달 둥글게 비추며
이제 떠나야 하는가

우수를 하루 앞두고
슬프게 눈물이라도 뿌려주던지
머나먼 동토의 국경을
찬 서리 맞으며 날갯짓하려거든
뜨거웠던 그 마음 덩어리
별빛 고운 바닷가에 잠재웠던
이상한 산자락 모퉁이 별빛 받으며
이제 떠나야하는가

우수를 하루 앞두고
아직 봄비도 내리지 않았는데
청아한 작은 새도 울지 않았는데
기쁨의 환희도 모두 뭉개버리고서
더럽게 콧물 뿌리며
정겹게 노닐던 그 길에서
우수의 빗물로 회한의 추억 씻기도 전에
이제 떠나야 하는가

황홀한 봄날에

이른 봄날
일장춘몽의
단꿈 같은 황홀함에

임을 품을 수가 있어서
오늘의 화사한
봄 햇살이 곱기만 하다

내 죽어가던
세포도 살아나고

내 죽어가던
감성도 돋아나고

내 죽어가던
영혼도 숨을 쉬고

내 죽어가던
사랑도 피어나네

이 화사한

봄날의 단비처럼

새 생명수의
그 단물 같은 샘물로

지천수의 물처럼
뿜어 솟아나서

내 죽어가던
그 모든 것에

새 생명수로
내 갈한 목에
축여주소서

영원히
목마르지 않게
이 봄날의
황홀함처럼

영원히
잊지 않게
변치 않고
멈추지 마소서

황사

그곳의 봄은 얼마나 멀었는지
아직도 새싹이 돋아나지 않고
거친 센 숨결만이 할딱거리고
새소리 하나도 울지를 않았다.

슬픈 덩어리 가루 되어 내리니
봄은 속절없이 뒤로 밀려나고
은빛 가루의 하양 눈꽃만 피었고
봄은 오늘도 멈칫 머뭇거린다.

희미한 안개 속의 볼록 거울
햇살 데우니 이젠 봄 이려는 가
피어날 꽃은 그 어디에도 없고
뿌연 황사 꽃가루가 봄을 날린다.

봄이 오는 소리

밤새 찾아온 그 흔적을 난 보았습니다.
안개가 흘리고 간 그 자리가
홍건히 젖어있는 것도 보았습니다.
아무리 흔적이 없이 사라진다고 해도
남는 것은 마음속에도
영원히 뇌리에도 남습니다.
나는 그 흔적을 또 지었습니다.
아무리 말갛게 지운다 해도
오는 것을 막지 못할 것 같습니다

그가 오는 소리도 들었습니다.
소리 없이 살며시 오는 것도 들었습니다.
거침없이 막무가내로 오는 것도 들었습니다.
윙윙 우는 소리가 귓전을 때리기도 합니다.
가슴을 파헤치우 듯 쓰리기도 합니다.
눈을 감으면 더욱더 또렷하게
내 뒤 척에 오는 소리를 듣습니다.

그가 가는 것을 느꼈습니다.
막바지기에 미련 없이 돌아서서
거침없이 가는 것을 느꼈습니다.

당당하게 없는 폼마저 재며
가는 꼴이 우습기도 하였습니다.
이젠 가면 영영 안 올 듯 떠나갑니다.
난 한순간도 놓치지 않고
그가 군소리로 시부렁거리며
가는 것을 난 오늘에 느꼈습니다.

비음의 그 끌짜기는 노래하는데

갈망하던 단비는 목마름 해갈하지만
화려하게 피어났던 봄날의 꽃송이는 추하게
낙화 되어 날리고 이리저리 떠 밀려다니는
추한 모습에 도심을 버린다.
만물은 싱싱하게 돋아나고 연녹색의
잎들의 새싹은 푸르름을 더해 가는데
오지 않는 그대는 물결 따라 바람 따라
흔적 없이 사라졌는지

새롭게 돋아나는 것 푸르름만 아니길
그대 그리움에 한 방울의 눈물이라도 훔치소서
그대 목마름 해갈하는 것 어찌 목축임이라
연록이 물결칠 때 서산에 노을 걸어놓고
동녘에 둥근 보름달 산마루에 올려놓고
비음의 골짜기 속에 홀로 앉아서
슬피 울어 젖히는 그 목마름
그리움의 해갈을 그대는 빗방울에
떨어지는 연록의 젖은 구슬 구르는 소리에
갈한 목 축였다고 할 수 있으랴

4월이 가기 전에 그리움이 젖기 전에

4월의 풋풋한 향기 산천을 물들일 때
그리움 새롭게 돋아나고 추억의 그림자
꿈틀거리고 살아날 때
비음의 그 골짜기에 메아리 울려 퍼지면
나는 한걸음에 헐떡거리는 거친 숨소리
한숨에 가로 눌러 그 능선을 뛰어올라
비음의 메아리에 발맞추어 아름다운 선율에
흥겹게 그리움의 노래하리

내 고향 욕지도

파란 하늘만 보아도
고향의 하늘이 그립고
하얀 파도만 보아도
고향의 소리가 들려온다

뜨거운 날씨만 되어도
고향의 바다가 그립고
갈매기 우는소리만 들려도
욕지도의 소식이 궁금하다

언제나 잊지 못할 그리운 고향
오늘도 파란 하늘만 바라보며
두고두고 그리운 고향 생각에
온몸은 땀으로 오늘을 젖는다

고향이 있기에 그리운 사람 있고
그리운 사람 있기에 고향 생각난다.
고향 소리만 들어도 가슴 설레던
그리운 고향 내 잊지 못할 욕지도여

내 고향 욕지도 사랑

남도의 끝자락에 말없이 누운 너 세상만사 모진 풍파
다 겪은 너는 요즘 살을 찢고 뼈를 깎는 고통을 견디
며 새로이 태어나길 갈망하는 너는 어쩜 그렇게 태연
할 수 있을까?

너의 허리를 너의 어깨를 대수술하는 일명 관광일주
도로라는 미명 아래 산산이 부서져 가는 그 모습 너무
도 처연하구나.
그런 너를 난 아직도 짝사랑하고 있나 봐.

천혜의 요새라 군화가 난무하더니 너의 두상에는
오늘도 어지러운 팔랑개비만 힘차게 돌아가네.
가까이 하기에는 이제 먼 당신 영원히 올라가지 못할 곳
그저 먼 동쪽 하늘만 바라보는 너의 안타까운 신세
그 누가 알아주리오.

약개봉, 망대봉 아래 줄줄이 엮은 우리네 동네 총바
위, 고래 머리, 청사, 몽돌개, 대구지, 흰 작살, 선돌배
기, 골개, 옥섬만, 세 개의 작은 바위섬, 삼여도의 아름
다운 풍광
그 자체보다 더 아름다운 우리네 동네 이름들을 내

어찌 다 잊으리.

 잡는 어업에서 기르는 어업으로 전환하자는 구호 아래 몇
몇 사람만이 풍요로운 혜택을 누릴지 모르나 청정해역은 썩
을 대로 썩어가고 배양장이라는 새로운 기업을 영입하
여 폐수와 소음 난잡한 건물들 그 어느 때 묻지 않은
곳이 없구나.

 너의 포근한 가슴속의 작은 섬 옥섬
 그 아름다운 모습은 어디로 가고 흉물스러운 건물만이 너
의 아픈 마음을 대변해 주는 듯하구나.
 아픈 몸 어루만져 주던 물결 같은 손길은 칸칸이 막
혀 너의 아픈 곳 시원한 손길 한번 못 가구나.

 한 여름 밤 수많은 별이 너에게 쏟아져 내려올 것
같은 밤 휘황한 집어등 켜고 그물 쳐서 멸치 잡던
그 아름답던 밤의 야경은 이제는 영영 찾아 볼 수
도 없겠구나.

 너를 둘러싼 아름다운 크고 조금만 섬들 내 어찌 다
잊으리.
 좌사리 섬. 이상한 종교 집단처가 되어버린 국도, 옛
도인이 연화의 세계를 꿈꾸며 도를 닦았다던 섬, 연화

도, 소처럼 생겼다는 우도, 납작 하다고 납섬, 머리와 꼬리뿐인 두미도, 그리고 너의 난간 격인 섬 노대도.

옛날 천상의 나라를 찾아갈 적에 개가 인도하였듯이 연화의 세계로 안내하는 개 섬. 그리고 알 수 없는 깊은 뜻을 품고서 연화의 세계로 향하는 너는 한 마리의 거대한 거북이어라.
내 어찌 너를 사랑하지 않으리!

고추잠자리

한 여름날의 고추잠자리
낮게 낮게 다가와 마주치지만
눈동자가 너무 많아서
서로 마주치지 못하고
오늘도 빙글빙글 돌다
사라져 마주치지 못하네

너와 나 두 눈동자인데도
마주치지 못함은 안타까운
너무나 아쉬운 일이에요
헤매다 헤매다가
날개 죽지 아파서
지친 날개 내려놓으러 갑니다.
나는 당신의 작은 고추잠자리

끈

천년을 두고
이어 온 끈이
이제는 썩어
끊어지려고 합니다
차라리 칼로 싹둑
끊어질 끈이라면
맺지를 않았을 것입니다

천년을 맺어 온 끈
이제 매듭을
풀어야 하나 봅니다
어쩌면 매듭을 풀고 나면
아마도 허탈감에
그 끈으로 목을 감겠죠

천년을
지켜 온 끈
어찌 하루아침에
끊을 수 있을까요
어차피 풀어질 끈이라면
맺지를 말았을 것을

풀어진 끈
어디에 매어둘까요

그냥 맺어진
끈이 아니라면
제아무리
발버둥 쳐 봐도
날카롭고
서슬 퍼런 칼날도
무쇠 도끼라 해도
끊지를 못 하리오

오늘도
끈은 새로이 매듭을 맺고
천년을 두고 이어진 끈
동아줄보다 더 강하게
쇠줄보다 더 튼튼하게
너와 나의 마음을 매어 두네요

길

내가 걸어 온 길과
네가 걸어온 길이 다르지만
조금은 멀리
빙글 돌아왔지만
이렇게 서로
만나게 되어 있는 거야

내가 걸어 온
그 길이 평탄하지 않았듯이
네가 걸어 온
그 길이 결코
순탄하지 않았을 거야

이젠 너와 나
지친 나그네 되어
황혼이 붉게 물드는
저 고갯길
너머로 함께 가는 거야

어쩌면
우리가 가야 할 그 길을
조물주는 벌써
이렇게
안배해 놓았던 거야
우리 이젠
그 길을 함께 가는 거야

때론
비바람이 불어오고
살을 에는
삭풍도 불어오겠지
가파르고
비탈진 길도 나타나겠지만
가시밭길 헤쳐 나아가듯이
우린 그렇게 나아가는 거야

네가 가다 지쳐서
주저앉을 때면
내가 껴안고서…
내가 쓰러져 넘어지면
네가 부축하고서…
우리 서로의
아픔과 괴로움을
따뜻한 마음으로 덮어주며
우린 그렇게 나아가는 거야

걸어가는 그 길에
솔바람 향이 불어오는
골짜기라도 나타나면
그곳에서
솔 향 듬뿍 마셔가며
솔가지에
보름달 떠오르면
우린 달 속에서
쉬었다 가는 거야

갈매기 울고
파도 소리 들려오는
바닷가 모래톱에
우리의 흔적을 남겨도
들려오는 파도가
살며시 지워주는
우리들만의
그 길을 가는 거야

노을이 곱게 물드는
바닷가에
사랑의 열차가 나타나면
우리는
사랑의 긴 열차를 타고서
가는 그 길이
아무리 멀다 해도
정처 없이
쉬엄쉬엄 쉬어 가듯
우린 그렇게 가는 거야

우리가 가는 그 길이
하늘을 향하고
땅속으로
가는 길이라 해도
우리의 가슴에
사랑을 묻고서
함께 가는 거야
한번 가면
영원히 올 수 없는
무덤 속이라 해도…

혈화 피었다

핏방울처럼 선홍빛
혈화가 피었습니다
낫을 들고 고구마 줄 쳐 낼 때
낫으로 춤을 추고
잘못 벗어난 그 자리에
뚝뚝 혈화 피었다 지는 소리
맺혀 있던 그 자리 여기든지

보리 베다 쓱싹
낫 스치는 소리 혈화 피었고
고운 흙가루 뿌려
지혈하던 선홍빛 붉은 혈 화
눈물인지 한숨인지 토하여도
그 핏빛 방울방울 열화 피었다
밭 뚝 가에 무더기 혈화 피었던

보리농사 흉작에
핏빛보다 더 뜨거운
한숨 소리에
고구마 뿌리 절간하여

지붕 위에 열던 날 또닥또닥
배때기 잘도 쪼개지던 날
엄지 검지 사이에
열화 피었네
후드득 겨울비에
사다리 타고 오르내리던
함석지붕 위의
새벽에도 혈화 피었지

서투른 칼날에
피고 지던 열화 같은 꽃
천왕봉 오르는
중간지점에 여기도
그 흔적 뿌연 게
고구마 밭 가장자리였던가
지금은 잡초더미에
무더기 피워 혈화 되어
신선한 그 냄새
언제 맡아보나 그리워 하네

노을 (2)

황혼이 물들면
우리의 인생도
황홀하게 물들다가
순식간에 사라지는
저 노을처럼
허무하게 사라져 가겠지

하늘은 불타고
바다는 피로 물들이며
내 가슴은 불새가 되어
저 붉게 불타는 불 속으로
뜨거울 너의 심장으로 향한다

사라져 가는 곳이
바닷속일지라도
당신은 저렇게
피 토하며 울부짖는데
넘어가는 곳이
하늘 끝이라 해도
당신과 함께라면

이 세상 어딘들 못 가리

나는 이곳에 서면
지는 노을빛 하나에도
당신의 또렷한 영혼을 본다
우리가 가지고 갈 그 시간도
이렇게 피눈물을 흘릴 테니까

황혼

아직도 마르지 않은
너의 그리움은
산산이 부서지는 파도 위의
그리움 한 조각

노을빛 너울너울
춤추는 불새 한 마리
내 그리움의 불새가 되어

저 붉게 불타는 노을 속으로
뜨겁게 더 뜨겁게 다가가리
황혼이 물들 때까지

뜨거운 그리움의 노을 속으로
목이 터져라, 노래 부르며
노을이 사라져가듯
그렇게 사라지리

제5부

그리움 석류 되어

바닷속으로

황혼에 무너지는 여린 가슴은
또 주저리 들려오는 파도 소리와
노을빛 사그라져 줄어드는 소리에
몽돌들은 오늘도 아우성을 부린다

하루를 마감하는 너의 고단한 삶처럼
깊은 바닷속으로 자맥질하여 종일
열 받은 너의 뜨거운 몸을 식히려
좀 더 깊이 좀 더 차갑게 몸부림치면서
차가운 너의 몸속으로 깊이 파고 든다

아늑한 가슴에 쌕 끈 거리며 깊은 수면의
안식처를 찾아서 떠나가는 너의 하루가
괜스레 슬프게 잠겨 든다
내일이라는 더 좋은 세상을 비추기 위해
더러운 몸을 씻으러 바닷속으로 들어간다

지는 노을을 바라보면

지는 노을을 바라보면
그 자리를 떠날 수가 없어서
바닷속으로 잠겨 들 때까지
오직 너 하나만 그리워하며
저 노을의 끝자락을 잡고서
하염없이 목매어 소리 죽어 울었다

지는 노을을 바다에 비추어보면
내 가슴은 온통 핏빛 그리움으로 물들고
노을빛에 빛나던 하얀 그리움 하나
오직 나 하나만 가슴에 새긴다고
뚝뚝 떨어져 바닷속으로 떨어지던
핏빛 물든 그 언약의 노을 줄기

어제도 그 노을빛을 따라서
가늘어진 그 빛줄기를 입에 물고서
양팔 치켜들고 온몸으로 너를 맞았다
오직 핏빛보다 더 진한 너를 안기 위해
오늘도 이곳을 떠나지 못하기 때문이다

떠나가는 가을

아침에 불어오는 가을바람은
상큼하게 하루를 맑게 해주고
한낮에 따끈한 햇살은
뜨겁게 불타오르든
단풍의 열정이었던가
낙엽 떨구고 사라져가는
서막의 찬 서리는
된서리에 가슴마저 녹여나니
가을은 아픔 가슴 안고
통곡의 벽을 넘나니

어느 이름 모를 한파 속에
그대 흘린 눈물 고드름 되어
가두어 또 가두어도
창살 없는 감옥 속에서
서슬 퍼런 창검 바로 세워
고드름 박살내는
그날그날이 녹여나겠지

뜨거운 여름의 문턱을
넘나들었던 행복했던 그 날도

벌써 코스모스는 한들거렸고
국화는 가을을 저주하였지
싸늘한 한파에 서리 맞은 가을처럼
국화도 그렇게 삭이어 갔었고
언제 올 줄 모르는 가을은
냉랭한 겨울 속에 꽁꽁 얼어만 가네

나는 너를 영원히

나는 너를 잊어 본 적도 없는데
너는 나를 생각이나 할는지
아무리 흉하고 더럽다 해도
그래도 사람이 사는 곳인데

물론 시기적으로
풀 한 포기 자라지 않는
엄동설한이지만
내 마음속에 썩지 않은 뿌리는
너의 따스한 손길에
새싹을 움 틔울 그 날만을 기다리는데

애타게 목마른 나의 갈증은
너의 흘린 그 눈물 한 방울이라도
목축일 그날만을 기다리는데...

처참하게 부서지는 나의 작은 배는
심한 폭풍우에 커다란 암초에 좌초되듯
갈 길 잃은 망망한 대해에
나 홀로 떠밀려 다니는 꼴이 되었나

나는 너를 아직도 잊지를 않았는데
너는 나를 모른 척 외면만 하는구나
차디찬 문밖으로 쫓긴 아이처럼
가슴이 얼고 마음마저 언다면
나는 너를 어찌 잊고 살 거냐

더러우면 어쩌랴
그것이 어찌 무서우랴
차곡차곡 쌓인 쓰레기에서
악취는 풍기는 법
너 가슴에 쌓인 쓰레기
내 가슴에 쌓인 오물을
비워야 씻어야 새로워지는 법

누가 너에게 물로 씻어 주겠니
누가 나에게 오물을 치워주겠니
내가 더럽다 해도 너 또한 씻지 않으면
네가 더럽다 해도 나 또한 치우지 않으면

냄새는 악취를 풍길 테고
너에 대한 기억은 차츰 악취 속에 잠겨 들고
나에 대한 기억은 더러운 오물 속에 빠져들겠지
네가 나를 알고 내가 너를 아는데
어쩜 그렇게 어쩜 요로콤 어긋날까

나는 너를 씻어주고
너는 나를 닦아주면
네가 아무리 떼를 쓴들
내가 아무런 투정을 못 들어 주렴
이유 없는 까탈에 가슴만 멍이 드네

나는 너를 아직도 기억하고 있는데
나는 너를 아직도 잊지 않고 있는데
나는 너를 그리워하고 있는데
나는 너를 영원히 사랑하는데

눈사람

당신의 염색체가
내 영혼의 안식처에
살며시 찾아 앉아서

당신 사랑의 결정체가
내 사랑에 덧 세워서
굳게굳게 얼어 붙었나

당신의 사랑이 뜨거워
기댄 두 몸 흐물흐물 녹아
물거품이 된다고 하여도

둘이 하나 되는 사랑의 결정체
그래도 당신의 사랑
기다려지는 나는 눈사람

지평선 같은 마음

하늘과 맞닿은 땅을 바라보면
한결같은 그 마음을 알 수가 있다
그 마음이 하늘 같기에
울퉁불퉁 높낮이의 그 땅도
하늘에 닿기 때문에 올곧고
꼿꼿함에 하늘이 너를 품는 구나

하늘과 맞닿은 구름을 바라보면
언제나 무거운 너의 입을 본다
하늘이 그 마음을 알기에
아름다운 말이 하늘을 덮고
한결같이 종알거리는 고운 맘
지평선 같은 그 마음 끝이 없으라

오늘도 지평선을 긋고
하늘을 닮기 위해 그 끝으로 달려간다
육신의 마음은 여기에 두고
빈 껍질의 얄팍함만으로서
지평선을 닿아본들 하늘을 닮을 수 없고
따뜻한 가슴만이 지평선 같은 마음이리

그리움의 봄날

겨울의 끝자락을 붙잡고서
오는 봄을 시샘하듯 겨울비는
2박 3일 동안 부스스 내리어
발목 잡혀 뛰지를 못하고
손목 잡혀 마음마저 저당 잡혔다

몸부림치는 겨울의 짓궂은 심술
하얀 눈덩이 자꾸만 겨울을
덮고자 오는 봄의 눈을 가리려
소복소복 허리춤을 넘는다

그리움은 남동풍으로 올라가고
보고 싶음은 북서풍으로 날아온다
공명만 있다면 어딘들 못 가리
그저 바람 가는 대로 세월에 묻혀
한세상 그렇게 날려 보내야 하나

안개비 그 꼬리는 끊을 수 없고
향수에 젖은 눈물 마를 날 없듯
안개꽃 모락모락 피어날 때
그리움도 덩달아 함초롬 피어난다

우수

오가는 골목길 모퉁이에서
가만히 바라보면
세상의 끝을 바라보는 듯하다

언제나 어김없이 나타나는
이 시간만 되면
나 홀로 또 기다려진다

삭막한 내 가슴에
당신의 뜨거운 눈물
촉촉이 적셔주기 때문일까

우수 깊은 당신의 두 눈에
내 영혼마저 깊이 빠져들고
당신은 또 나를 정케한다

막다른 골목길 그 끝에서
당신은 세상의 끝을 보여준다
우수 깊은 뜨거운 눈물로...

삼월이 오면

기나긴 겨울의 악몽 속에서도
이날만 오기를 두꺼운 얼음장 밑
시냇물은 소리죽여 울었다

혹한의 찬 서리에 벌거벗은 나목은
지나가는 바람에도 시린 한숨 멈추고
온몸으로 저항 없이 춤추었다

그리움의 아지랑이 아롱거리는
춘삼월이 오면은 당신의 따스함
온 피부로 느끼며 마주칠 그날이

삼월이 오면은 설움 다 가시고
환희의 물결 위에 고운 노랫소리 저어나갈
눈물만큼 웃음소리 잦아들겠지

보길도를 향하면서

내 작은 새 누구 본 사람 없나요
날개가 너무 작아서 후 불면
파르르 바람결에 날려가는
그 작은 새 어디 있나요

춘삼월이 오면 남국의 훈풍에
실려서 돌아온다고 했는데
그 어디에서 헤매고 있는지
아직도 차가운 바람이 부는데...

그 작은 새를 찾아서 땅 끝에서
그 섬으로 떠나갑니다
그리운 임이 그 작은 새를
그리움의 조롱 속에 보관한다기에

내 작은 새와 그리운 임을
꼭 안고서 돌아오겠습니다
옥섬에 오면 꽃을 피우고
작은 새 노랫소리에 모두 모여들겠죠

봄

촉촉이 젖은 밤하늘에
초승달 가물가물 떠가고

고단한 날개 쉬이 접은
작은 새 보금자리 떠나가네

빛바랜은 별들은 갈 곳 잃고
아득한 서산 하늘 바라만 본다

저 달마저 사라져간다면
혹한의 겨울마저 떠나간다면

꽃피는 봄이 찾아와도
나풀거리는 나비가 날아와도

뉘와 함께 이 봄을 맞이할까
뉘랑 함께 이 봄을 만끽할까

봄비

씻어내자
겨울의 찌꺼기

털어내자
가슴에 슬픔

어둠에
소리 없이 찾아와서

한없이 울고 가는
동장군이 너무 불쌍하다

우린 울지 말자
가슴이 아프면
심장이 멎을 것이다

웃자
웃으며 살자

웃음 속에
행복이 깃들어온다

내일은
행복을 전해다오

분신

너를 앞세운 나는
나를 숨기며 너는
또한 나를 엄폐한다
내가 네가 아니며
너 또한 나 또한
불태운 허상이었던 가

봄이로되 꽃은 피지 않고
펄펄 내리는 눈은
겨울의 분신이었던 가
고운 소쩍새 울고불고
깨어나지 않은 봄의 분신

너는 나의 분신 되어
까마득한 허망의 세월 속에
억겁의 고뇌 속에 빠져
오늘은 누구의 분신 되어
내 아닌 나 자신을
새까맣게 불태워야 하는 가

영원불멸의 꽃

엄동설한 다 겪은 꽃이라
그 아픔 고뇌 뉘 모르리
이날이 오기를 젤 먼저
허공에 가슴 벌려 기다렸던 가

망측한 그 자태 허망이런가
줄줄이 터뜨려 피어나기를
그 또한 십일 홍 이었던가
낙화 되어 흩날리는 허무였던 가

봄이 오면 피어나는 너 나의 꽃
영원히 지지 않은 영원불멸의 꽃
당신 가슴에서 내 가슴 속에서
아름답게 피어나는 꽃

쉬이 피었다가 쉬이 사그라지는
십일 홍의 허망 화가 아니라
우리의 꽃 영원불멸의 꽃이
당신과 나만의 꽃으로 피어나리

내 임 독도야

홀로 서 있기에
너무나 외로워
둘이었던 가

억한 가슴에 멍든 동공은
막힌 가슴 뚫어놓고
서슬 퍼런 칼날 세웠던가

아무리 어둠이
짙게 눌려 와도
아무리 억센
파도가 덮쳐 와도

아침의 찬란한 해
제일 먼저 맞으며
외로운 갈매기
갈길 잃어 쉬어가는…

묵묵히 망망대해에
수억 년을 지켜 온
오늘도 너를 바라보며

너를 닮아 가는가 봐

숱한 망언에 시달려온
너의 그 의젓한 자태
그 누가 너를 앗아가리

너의 그 기상 하늘을 뚫고
바다를 가르고 우뚝 섰는데

어느 누가 너를 넘보리
그 누가 너를 탐하리

너의 헛기침 한 번에
너에 침탈하는 그곳
쑥밭으로 만드는데

누가 너를 업신여기리
누가 너를 얕잡아보리

임아 이 밤도 잘 자라
낼 또 너에게 달려가마

후회

나를 앞세운 허수아비 하나
텅 빈 언저리 지키지 못하고
천지 모르는 분수 하나 꿰차고서
오늘도 긴 한숨 늘어만 가는 가

햇볕은 따스하게 봄날이라는데
꽃은 아직도 피어나지 않음은
기나긴 겨울의 아픈 악몽인지
억한 가슴에 멍울만 맺혔던 가

맺힌 골마다 이슬이나 맺혀서
아직도 못다 피운 우리의 꽃
노란 수선화를 피워 보이리
그대 마음 높은 문 활짝 여는데

못 잊어

소월이도 이 꽃을 보면서
원통해 통곡했었던 가
원한에 맺힌 원귀에 씐
가슴보다 더 붉게 타들어 가던
이산 저산 다 삼켜버리고
영혼의 마지막 남은 혼마저
다 빼앗아 가버렸던가

핏빛 뚝뚝 떨어지고
가슴속에 멍든 자국처럼
원한 맺혀 피어났던 가
가냘파서 봄바람에 파르르 떨 때
어여삐 안겨들던 그때를 왜 못 잊죠
눈물보다 더 진한 핏물 되어 흘렸던 가

못 잊어 생각날 때
그렇게 참담하게 쓰러졌던 가
이 밤도 못 잊어 할퀴고 갔었던 가
쓸어오는 아픔의 어둠만이
못 잊어 잊어서 깊어만 갔던 가
소월이도 밟고 가라 했었던 가
가슴 아려오는 이 아픔 왜 못 잊어

작은 새

날지 못하는 작은 새
그 어디에서 울고 있나
날갯죽지 펴지 못하고
그 어디에서 뒹굴고 있나

나는 오늘도 뛰었건만
나는 오늘도 날았지만
너는 어디에서 울고 있나
빈 둥지만 덩그렇게 남겨두고서

울지 마라
너의 그 울음소리는 통곡으로
내 가슴을 헤집고
나는 너를 찾아 또 헤맨다

세상에 피어나는 것이
오직 꽃만 아름답던 가
네가 불러주던 그 노랫소리
내 뇌리에 메아리친다

구월이 오면

뜨겁게 불타오르던
그 여름 쉬이 가면
한줄기 젖은 억새 바람 불어오고
촉촉이 적시는 새벽이슬 찾아와도
내 추억의 9월이 돌아오면
뜸부기 애달프게 노래 불러도
동천 하늘 향해 날아가는
저 기러기를 내 부러워하지 않으리오

목마름의 갈증 갈구하는
한 떨기 들국화 이날을 기다려왔듯
뭇 서리 쏟아져 내려도
은은한 살 냄새 풍겨 와도
내 사랑이 달그림자에 가려웠던
부끄러워 얼굴 숙이며
내 노랫소리 들어주던 9월이 오면
내 노랫소리 다시 들어 줄까

그리운 구월이 오면
푸른 하늘만큼 높은 기상 떠 있고
한들거려도 고개 꺾이지 않던
가냘파도 슬프지도 않고
구름처럼 멈추지도 않고
지는 노을 속에 사라져가도
굳이 슬픈 노래를 부르지 않으리오
구월이오면 추억이 살아나니까

나비의 춤사위

나비가 태풍 되어
부릅뜬 큰 눈
심장을 겨누고 날아온다

바람이 마중 나가고
나무들은 춤추며
새들도 노래 부른다

긴 한숨 섞인 어부의 노래에는
사시나무 떨듯 곡예를 타고
지친 농부의 두 눈에는
뜨겁게 타 내리는 눈물이 비친다

나비야 저리로 날아가라
옥섬마저 할퀴고 간다면
뉘가 와서 노래 부르리

너의 작은 날갯짓에
산천은 눈물바다에 젖고
아우성은 하늘에 닿는다

무슨 사무친 날갯짓인가
뭐에 돋아날 독침이던 가
사푼사푼 날아만 가소서

내 마음 그대 품으로

떨어지는 것이
낙엽뿐인 줄만 알았는데
어찌 바람에
낙엽뿐이겠어요

그대에 향한 내 마음도
이름 모를 낙엽처럼
흩날려 떨어지고
시린 가슴만 허공에 맴돈다

아니 올까 아니, 볼까
하루에도 몇 번씩
그 흔적 그 향기 찾아
맴돌던 그 마음도
추풍낙엽처럼 떨어져 간다

어찌 그리움이 넘쳐
미움이 찰랑거릴까
보고픔의 강물은
오늘도 넘실거리고
휘몰아치는 바람에

그 바다는 뒹굴고 쓰러진다

텅 빈 가지에
소슬바람 한줄기
멈추지 못하고
파르르 떨고 가는
작은 새 한 마리
앉지를 못하네

헝클려진 내 마음
바래길 없어
두고두고 그리워할
그대 곁으로 가고 싶네
그대 품에 잠들고 싶다

그리움은 석류 되어

석류 같은 진한 향기
그 붉은 알갱이들이
모두 그리움일까

그리움 하나둘
보고 싶으면 모여 하나둘
수없이 침묵의 밤은
별빛 흐르듯 흘러가고

그리움 시큰둥
빨간 석류알 되어
내 가슴에 흐른다

석류와 같은 그리움
당신의 향기가 되어
내 코끝에 와 멈춘다

제6부
마지막 고백

나는 목숨을 담보로 걸었다

오늘을 살아가는 것도
한 닢의 금전을 버는 것도
나는 목숨을 담보로 걸었다

내가 나 아닌 너를 내세운 것도
네가 아닌 나를 주저앉힌 것도
나는 목숨을 담보로 걸었다

이제 서서히
그 운명의 시간은 다가오고
너는 서서히
나래를 쉬이 피우지만
나는 목숨을 담보로 걸었다

하루하루 그 시간을 단축해가고
꼬박꼬박 그 품을 챙겼다
반 꺾어진 억 일지라도
나는 목숨을 담보로 걸었다

너무나 길들어진 몸 동아리도
그 냄새 그 소리에도 주책없기로
나는 목숨을 담보로 걸었다

이제 얼마 남지 않았지만
당신을 진정 사랑함에
나는 목숨을 담보로 걸었다

군밥

쌀 한 줌 호주머니에 넣고서
휘영청 달마저 떨고 있을 때
바닷바람은 감미롭게 불어오고
찰랑찰랑 물결은 심장 위로 넘쳐나며
야금야금 달그림자 속에 숨어나 든다

파릇파릇 솟은 푸성귀 감칠 맛 거리
처마 밑의 메기는 가슴속으로
달그림자는 어느덧 머리 위에 떠 있고
매캐한 연기는 뭉게뭉게 피어나며
은은한 달빛 사이로 그 자취를 감춘다

가마솥은 푸시시 푹 즐겁게 노래 부르며
아궁이 속에 불타는 우정은 활활 솟아나고
아랫목 차지는 내차지
아! 뜨거운 겨울밤의 군밥이여

바지런한 숟가락 멈추질 못하고
우정은 한입 사랑은 두 입
아! 그 옛날의 군밥이여
지금도 그 연기 달빛 속에 피어날까

약속

존재의 가치 속에
굳게굳게 맺어진 것
이것을 무게로
달면 얼마나 무거울까?
아니
이것을 길이를 재면
얼마나 길까?

보이지 않은
그 어떤 문서도 아닌
마음과 마음으로
서로 정해 놓고서
허물 수도
깨어 부설수도 영원히 못 하는 것

하늘로 날려
버릴 수도 없는
태평양 바닷속 깊이
빠뜨릴 수도 없는
너와 나의
깊고 깊은 가슴속에 맺어진 것

돈으로 환산할 수도 없고
돈으로 매매할 수도 없고
목숨과는 바꿀 수 있는 것

저 찬란하게 떠는
아침의 태양처럼
맑고 고운 가을 하늘의
둥근 보름달 마냥
어김없이
영원히 빛나는 것

인생을 걸고
목숨마저 바쳐서
소중하고 고귀한
믿음과 사랑으로
너와 나의
진솔한 마음의 결정체다

일출

동녘 하늘에
붉은 구름 한 점

불타는 그리움인 양
핏빛으로 물들고

그리운 하늘가에
치솟던 그리움은

더욱 애타는 듯
아침부터 피어납니다

향수

아늑한
봄 바다의
은빛 물결

쪽빛
하늘 아래
빛나니

고향의 향수
마음껏
안을 수 있다면

내 어찌 너에게
다가올 수 있으랴
그리워라

그리운 땅

또다시
그 땅에 가고 싶다
그러나 아마 가지 못할
머나먼 땅이 될까
아마도 그 땅에는
갈 수가 없을 것 같다
그 땅의 정기 어이하랴

그 땅에도
그 바다에도
봄비 되어 내리는 가
봄 향기 가득
남쪽에서 올라오는데
그 땅 그 언저리 피어날까

늘 맨날 언제나 어김없이
골빈 듯이 빠지지 않고
왕왕거리는 저 파도는
오늘도 부딪치며 첨벙거린다
그 바다에도 일렁거릴까

그 땅에도 봄은 오는가
창살 없는 울타리 몰카 없어도
날개옷 접어 버리고서
습한 음지의 그곳에도
희망의 봄은 오는가

난 정말 봄인 줄 알았어요

노란 개나리 움트고
그 봉우리 열리던 날
포근한 가슴으로 다가온 하늘
그 향하던 꽃잎 활짝 벌려
땅에 입맞춤하듯 아래만 향하고
혹한의 겨울 이렇게 잘 견뎌 왔다기에
난 정말 봄인 줄만 알았어요

삼월도 젖어 들고
사월이 희망으로 열리던 날
벗꽃은 만발하고 노랑나비 찾아들고
하얀 눈 꽃송이 뒤집어쓰고도
화사한 날씨만큼 진득한 봄기운에
난 정말 봄인 줄만 알았어요

진달래마저 가슴 열고
가슴으로 다가오던 날
찬바람은 숲속으로 달아나고
뿌연 잿빛 하늘만 도심 가득 뒤덮어도
연분홍 가슴으로 다가오는 진달래이기에
난 정말 봄인 줄만 알았어요

형산강의 벚꽃

벚꽃이 만발하니
천년의 고도는 깨어나고
형산강변 길 따라
뭉게구름처럼 벚꽃은 피어나네

꽃잎은 형산강 물을 뒤덮으며
흘러흘러 바다로 향하고
바닷바람은 형산강 물을 거슬려
바다의 꽃으로 향한다

제아무리 화사한 벚꽃이
천년을 깨우고
형산강을 뒤덮는다고 해도
임 향한 바다의 꽃에 견줄 수 있으랴

바로 당신이었으면 합니다

늘
그리운 사람
언제나
그리워해야 할 사람이
바로 당신이었으면 합니다

맨날
떠오르는 사람
어제도 떠올랐던 사람
내일도 또 떠오를 사람이
바로 당신이었으면 합니다

이제 그 긴 여운의 끈을
여기 또 긴 인연의 끈을
천년만년 이어 왔듯이
그 천년 위로 이어갈 사람 또한
바로 당신이었으면 합니다

담쟁이

고향 생각 그리워 못 잊을 그리움에
돌담 위로 휘감고 못 갈 곳 없는 손아
봄부터 여름까지 그 진한 초록 담고서
가을날에 발갛게 익어가던 그 손도
마지막 잎새 남겨두고서 떠나던 날도

돋아난 그리움만큼 초록 잎 갉아 먹던
뭇 진드기들 배 터지도록 먹여 놓고서
옹골진 그 줄기 생의 끈 놓지 않고
한 잎 또한 잎 그 더듬이 손 잘도 오른다
오른 것만큼 아픔도 슬픔도 그리움뿐일까

그리운 것은 고향의 향수이나
오르는 것은 생의 끈이로다
고향의 돌담 위로 오르던 담쟁이
도심의 독한 시멘트의 미끄럼 벽도
그 끈 놓지 않고 아무 곳인들 잘만 오르네

섬에 돌 하나

섬에 돌 하나 덩그러니 솟아있고
돌 하나에 섬 한 개 삐쭉 놓여있네
흰 파도 몰아치도록 바람 밀어줘도

꼼짝도 아니한 것이 삥그레 돌 하나
섬 위에 우뚝 올려놓고서
그 돌 위에 섬 하나 떠 있나

지친 삶의 언저리에 돌 하나 나 하나
두리 뭉실 고달픈 인생의 노랫가락 소리
오가던 그 길목에 서낭당 서 있듯
차곡차곡 혼 불하나 더러 뉘어있던

애달픈 심장 고동 소리 잠재우던 그 재넘이길
네 손이 내 마음 달래주고
내 손이 너 가슴 토닥거려주던

비바람 휘몰아쳐도
무더운 날 헐떡거리며 올랐던
섬 위의 돌 하나 그 돌 위의 새 한 마리
어디로 날아갔나

이름 모들 들꽃은 피고 지기를 몇 해
가슴만 적셔놓고 섬에 돌 하나
그 돌 위의 새 한 마리
그 어디에서 울부짖냐

백두산을 향하여

날기 위해
더 빨리 날기 위해서
오늘도 헐떡거리며 뛰었다

오르기 위해
더 높이 오르기 위해서
지리산 설악산 맴돌았다

떠나리
우리의 영산으로 떠나리
천지의 물을 함지박 마시려

그리움도
목마른 갈증도
천지의 물로 해갈만 된다면

한 사발
함지박이 아니라
한 말 통이라도 마시리

씻으려고

지난날의 잘못을
회한의 눈물로
저 백두의 정상에서

장백폭포의 하얀 물거품이
천지를 덮는다고 해도
임 향한 마음 덮치지는 못하리

포효하는 장백폭포
안개구름 꽃 피우듯
천지의 야생화 천국으로

먼 곳에 마음과 마음

그대는 내 곁에 없나요
그대는 아직도
늘 내 곁에 있는 줄만 알았는데
그대는 언제 내 곁을 떠나갔나요

간다면 간다고
나한테만 살며시
귀엣말로 뜸이나 해줘야지요
당신은 정말 무정한 사람
나 그대 곁에 늘 혼자만 있었나 봐요

난 언제나 당신 생각뿐이었는데
내 마음은 늘
당신 마음속에 가만히
잠겨있는 줄만 알았는데
언제 내 마음
몽땅 끄집어 내놓고서
쓰레기통에 버렸나요

난 그것도 모르고
난 그만 당신 마음속
깊숙이 있는 줄만 알았는데
그래서 늘
그대 곁에 있는 줄 착각 했나 봐요

마지막 고백

내가 사랑을 고백하는 것이
이 세상의 마지막이
바로 너였으면 한다

내 사랑의 고백을 받아주는 이가
이 세상의 마지막이
바로 너였으면 한다

그대 가는 황혼길
내 사랑 엮어서
눈물보다 웃음이 저절로
피어나고

가슴마다 내 생각만 가득하게
그 마지막으로 보낼 수 있는 사람이
바로 나였으면 한다

가을비

가로등 불빛에
어리는 가을비
방울방울 파문되어
멀어져 가다가
자취도 없이 사라지는
아쉬운 방울방울

그토록 울며불며
가을이 왔다고
밤새도록 알려주던
그 귀뚜라미
오늘 밤에는 젖은 몸으로
어디서 떨며 울어 줄까

따스한 품이
그리워 그리워서
그렇게 울어 줄까
달빛은 잠들었고
별빛마저 숨었네
가을밤 하늘은 온통 눈물뿐...

너는 알리라

코스모스 한들한들
꺾어 넘어지고
고추잠자리 팔랑팔랑
휘어져 넘어지나

임 가신 그 길에도
아름다운 그 꽃길
흐느적흐느적
널 부지리 깔려 있는데

날지 못해 바둥바둥
날갯짓 하는 억새야
너마저 날아가면
저 코스모스는 어이하리

이 바람은 그곳으로
흔들거리고 나풀거리며
고개 넘고 바다 건너 따라가는데
너는 알겠지. 너는 알리라

초여드레 반달

구름 걷어내니
초여드렛날 반달이
삐쭉 얼굴 내민다

푸른 숲에 가려져
하늘도 못 보던 것 마냥
비바람에 맞고 젖어서
빗방울 털고 나왔던 가

샐쭉한 모습
뉘를 닮던 가
11월의 야윈 얼굴
스산한 바람에
너마저도 처량하구나

내 너를 반겨
숙성의 사랑으로
그리움도 키워볼까

아직도 이른 울 사랑처럼
초여드레 반달은
스산한 바람 속에서
방긋 미소를 띤다

재회

조우도 아닌 것이
필연으로 다가오니

상큼 피어나는
해후란 향이
이런 것일까

아직도 먼 날
첫눈처럼
찾아오던 밤

기쁨이 충만하여
가슴 설레던
기나긴 밤

찰나의 순간
재회의 욕망은
어둠 속에 묻히던 밤

고독

기다림은 외로이 찾아드는데
보고 싶음은 가슴에 쌓여 집니다

그리움의 덩어리 목에 걸고
외로움의 서글픔 가슴에 품고서

별 밤 세는 차가운 겨울
도심을 떠도는 삭풍 한줄기

오늘도 까만 겨울 바다로
목 걸고 가슴 헤집으며 밀어냅니다

영혼이 숨 쉬는 곳으로

산도 아닌 것이
형체도 없는 그 강을
그냥 건너가기로 했습니다

형체 모를 그 산을
굳이 넘을 강이라서
그냥 스쳐 가기로 했습니다

노을에 그늘진 곳
울컥한 맘 진정한 그곳에서
왼쪽으로 크게 꺾어 갈겁니다

꼭대기에 불타오르고
더러워진 그림자 속으로
오른쪽으로 슬쩍 안겨 갈 겁니다

911 테러 같은
917 운명의 그길로 들어서면
빛나는 큰 물줄기가 마주쳐오고

영혼이 맑아지고

작은 빛이 금광석처럼
하늘을 찌르고
영혼이 깨어 숨 쉬는 곳

그 막다른 곳으로
일곱 번을 되새기며
긴 여정의 나래를 펼칠 것입니다

기다림

입춘이 올 때까지
엄동설한의 고독 속에서
난 가슴 시려도 기다렸습니다

맹꽁이같이 숨죽여가며
그대 뜨거운 체온 스며오길
난 추운 겨우내 기다렸습니다

다리와 다리 사이에서
겨울과 여름 사이에서
난 세월의 흔적을 기다렸습니다

보름달이 사 그려지기를 수십 번
그대 가슴에 한 송이 꽃을 피우기를
난 여름부터 기다렸습니다

봄소식

새벽에 내린 비에
아침이 흠뻑 젖어
마른 대지를
촉촉이 적셨건만

타는 목마름
대나무 숲의 새들도
고운 목소리로
아름답게 노래 부르건만

빈 마른 가지에
겨울눈의 꽃망울이
툭툭 터지는
소리도 들려오건만

정작
찾아올 임의 소식은
아직도
먼
겨울의 이야기인가

바닷바람이 빚은 고향과 연화세계

- 오태수 시집 『바닷바람이 머무는 곳』

최 봉 희(시조시인, 평론가, 글벗 편집주간)

오태수 시인은 고향이 경남 통영시 욕지도인 작가다. 그의 첫 번째 시집『바닷바람이 머무는 곳』은 평생 동안 바다와 함께 살아온 삶을 생생한 존재감으로 독자들에게도 전하기 위해 쓴 시집이다.

인간이 바다의 생명체로서 살아간다는 게 어떤 것인지 알려면 상상력을 적극 발휘해야 한다. 그러기 위해서는 인간중심의 척도를 잠시라도 포기해야 한다. 빛과 암흑, 밀물과 썰물은 먹이를 먹을 시간과 굶주릴 시간, 적의 눈에 쉽게 띄는 시간과 비교적 안전한 시간을 의미한다. 우리 생각을 자연과 바다의 입장으로 바꾸지 않는 한 바다에서의 삶이 지닌 특징을 알 길이 없다. 우리 자신을 그 속에 투영해야 한다.

늘 우리와 함께 하는 바닷바람은 하도 변화무쌍해서 눈 폭풍, 비바람, 칼바람, 태풍으로 오기도 한다. 하지만 더없이 부드럽고 시원하고 따뜻하고 감미롭기도 한 바람도 있다. 어쩌면 고향의 내음이 물씬 풍기는 바닷바람이리라.

내 눈물을 말리는 것도 바람이요, 나를 단련시키는 것도 바람이다. 봄바람, 꽃바람, 하늬바람, 가을바람, 산들바람, 밤바람, 바닷바람, 소소리바람, 겨울바람 이런 바람은 마음으로 품으면 참 좋다. 아, 시인에게는 고향의 바닷바람은 더 없이 좋은 바람이다. 바닷바람을 맞으면서 걷을 때 아주 춥지만 않으면 얼굴에 와 닿는 바람의 감촉이 상쾌하다. 이 또한 바람을 제대로 느끼고 바람과 친할 수 있는 방법이다.

어느 날 내가 근무하는 학교로 전화가 걸려왔다. 소담 이정희 시인이다. 자신이 아는 괜찮은 시인이 시집을 낸다는 것이다. 내게 서평을 부탁하는 것이었다. 260여 편에 달하는 방대한 양의 원고를 받아놓고 난감했다. 어디서부터 어떻게 공략해야 오태수 시의 전모를 파악할 수 있을까? 시간은 하루 이틀 지나가는데 나는 어떻게 손을 써야 할지 망설이고 또 망설일 뿐이었다. 일단 작품을 읽기로 했다. 전 작품을 한 번 읽고 다시 두 번째 읽어가면서 오태수 시인의 관심이 어디에 있는지 대략 윤곽이 잡히기 시작했다.

비로소 연필을 들어 작품을 소재별로 어휘별로 분류했다. 고향의 어휘가 12번, '바다' 어휘가 34번, 바람의 어휘가 46번이나 등장했다. 그 중에서 바다와 바람을 노래한 시어가 80번 등장하여 단연 많다.

시는 언어의 예술이다. 아무리 사상이 위대하고 시적인 발상과 감수성이 뛰어나다고 해도 언어가 뒷받침되지 않으면 훌륭한 시는 탄생할 수 없다. 시인은 언어를 다루는 장인이어야 한다. 사상과 감정을 표현하기에 가장 적절한 글말을 적재적소에 활용함으로써 한 편의 시가 완성되는 것이다.

그럼 구체적으로 작품을 통하여 오태수의 시세계를 살펴보기로 하자. 이런 보편적인 소재를 다룰 때는 까딱 잘못하면 개성적 표현보다는 무미건조한 시어의 나열이 되기 쉽고 보편적인 내용 일색으로 되어갈 소지가 다분하다. 따라서 만인의 공통 소재를 가지고 시를 창작할 때는 각별한 주의가 필요하다. 나만의 특수 경험을 가미한 자기만의 독특한 빛깔과 형상화를 부여해야 한다. 이 점에서 오태수의 시를 평가한다면 성공한 시 작품이라고 할 수 있다.

고향 가는 길 멀다지만 설렘 마음만큼 길까
그리움 많다지만 저 차량의 수만큼 많을까
하나하나씩 퇴색되어가는 고향의 풍경은
하나하나씩 추억도 사라져 가는 고향의 풍경

낯익은 사람은 그 어디서나 찾을 수 없고

옛사람은 빈집만 남겨두고 저승으로 떠났고
빈집에 잡풀만 무성한 옛 영화를 말해주고
나는 옛 추억을 뒤적이며 추억에 젖어본다

햇볕 잘 들어오고 바람 잘 찾아오는 곳에
한눈에 파란 쪽빛 바다가 그림처럼 펼쳐지고
내지인은 도시로 향해 하나둘씩 떠나가고
외지인 그림 같은 펜션을 짓고 도시인을 맞네

환상을 좇아서 환상의 섬으로 모여들고
나는 그리운 고향 그 길을 걷고 또 걸어보지만
금발의 파란 눈을 가진 외국인도 찾는 내 고향 욕지도
왠지 낯선 고향에서 점점 더 내가 외지인이 되어간다
– 시 「추석날 고향 풍경」 전문

위의 시에서 오태수 시인의 시적 능력을 간파할 수
있다. 시는 그리움의 소산이다. 날마다 그립고 날마다
새롭다. 시인은 고향에서 예전 것은 사라지고 나 역시
변화 속에서 외지인이 되어간다고 말한다. 요즘 세상
을 적절하고 세밀한 감성으로 표현한 작품이다. 선현
의 말씀처럼 '한 알의 모래에서 우주를 보고 한 송이
들꽃에서 세상을 보면서' 사는 것이 시인의 운명이 아
니던가. 바다에서 상처가 조개 속에 진주를 키우듯이
삶의 손톱자국이나 어느 순간의 감동이 시의 씨앗이
되고 한편의 시를 낳는다.

고향의 문턱 낮으나
그 명성만큼은 높아
100대 명산 반열에 위풍당당 섰네

미륵을 기다리는
간절한 마음에서
못 오실까 봐
해저터널까지 만들었나

붕괴할까 봐 다리를 놓고
또 대교를 놓아
오시는 데 불편함 없게 하였으랴

그 산에 올랐던 기억
희미해져 가니
섬 아닌 육지로 너 아닌 나를 이른가

단숨에 올라서
창망한 다도해 사이사이
섬들 틈 속 술래잡기하듯 눈길 쫓네

저기 저 파란 쪽빛 바다
그 속 유영하면
마음에 파란 물들까 날 쫓다 물들겠지

하얀 구름도 저기 저 섬 위에

내려앉아 하얀 미소에
파란 물들이고 가는구나

케이블카로 쉽게 오르는
남녀노소 내외국인들로
북적대는 용화산의 미륵산

모두가 다 밝고
환한 미소 미소가
다정다감한 얼굴 얼굴들이 웃네

미륵도의 미륵산에
용화의 세계 속에서
너도 나도 모두 다 미륵 되어 웃고 웃네
  - 시 「미륵산」 전문

　시인의 고향은 경남 통영의 욕지도다. 시인은 용화산
의 미륵산을 찾으면서 미륵도의 미륵산에서 미륵이 되
어 웃고 있다고 특징적으로 표현한다.
　시를 쓰는 일은 축복된 일이다. 좋은 시를 쓰기 위해
부단히 고민하고 감성을 연마하는 일은 시인에게 행복
한 길이다. 문득 가슴에 울림이 있을 때 나의 가장 적
은 말로써 보다 크고 넓고 깊은 세계를 열어 보이는
것, 그만큼 아름다운 일이 더 없다.
　"너도 나도 모두 다 미륵 되어 웃고 웃네."

한 편의 시에 드리워진 그림자의 깊은 뜻까지도 마음에 새기면서 무언가 인간세계에 따뜻이 손을 잡아주는 역할을 우리 시인들이 하고 있다. 그래서 오늘도 오태수 시인은 감성의 시를 써서 하늘의 별자리에 자신을 올려놓는다.

봄부터 따라다닌 스토커 그러거니 하다가
여름부터 이러거니 하다가 갈 것이라고 여긴
무더우면 더워서라도 녹여 날 것이라고 여긴

그러나 점점 더 노골적으로 다가온 이 녀석을
그리하여 차마고도까지 가서 떼어 놓고 오려던
옥룡설산도 포탈라 궁 그 높은 고도에서도

떨어지지 않은 찰거머리로 더 깊숙이 파고드는
가을바람이 불어오니 요 녀석이 더 깝죽거린다
새벽잠을 깨우고 또 깨우기를 여러 번을 행하니

눈알은 충혈되어 가고 볼은 점점 야위어가니
날갯죽지가 찢어져 펼치지를 못하니 어리바리
정신은 점점 희미해져 가고 사리 판단은 오락가락

그래도 한줄기 휘몰아치는 거센 바람이 있었으니
한줄기 작은 빛 같은 줄기를 놓치지 않고서
요 녀석을 둘둘 말아서 덕석말이를 하듯이

요놈을 집행하는 날이 바로 내일이라서
요것 저것 준비하는 것이 한둘이 아니고
추석 명절날 고향 집 가기 위해 준비하는 것 같이

한 가방 챙겨 넣고서 또 빠뜨린 것이 있는지 없는지
입원 전야의 밤은 희망에 들떠있는 마음만큼 설렌다
마치 그리운 사람을 만나러 가는 듯 그렇게 설렌다
– 시 「입원 전야」 전문

　시인은 병원 입원을 준비하면서 걱정이 앞서기보다는 희망에 들뜬 마음만큼 설렌다고 말한다. 마치 그리운 사람을 만나러 가는 듯 그렇게 설렌다고 했다. 오태수 시인이 다른 시인과 구별되는 부분이다. 중국 운남성의 옥룡설산의 아름다운 경치도 티벳의 포탈라궁에서도 그 찰거머리 같은 그 병원을 치유할 수 없다. 그렇다면 그 병은 무엇일까? 어쩌면 그에 대한 해결방법은 고향을 찾는 것이리라. 마치 그리운 사람을 만나러 가는 듯 설레는 맘처럼.
　시란 한 마디로 정의 내리기 힘든 속성을 지닌 예술이다. 한 때 문정희 시인은 '시는 건강과 같다'고 말한다. 건강진단서에 지금 당신은 아무 병이 없다고 하더라도 만약 시를 쓰지 못하고 있다면, 그것은 건강하지 못한 것이다. 그런 면에서 오태수 시인은 건강한 시인이다.

한 무리의 작은 새끼 연어가
넓은 바다 꿈꾸며 실개천 떠나
휘몰아치는 광풍 노도 속 살아남아

작은 연어 넓은 바다 헤집네
유유자적 유영하듯 때로는
동분서주 좌충우돌하며 커가네

아! 보아라 저 휘황찬란한 황금빛
넓은 바다 가득 메운 거대한 빛무리
우리네 삶 저 연어들처럼 살찌울까

꿈 이뤄 못 잊은 고향 찾아가건만
아! 우리네 인생 언제 완성하여
그리운 고향 언제쯤 돌아갈꼬
 - 시 「귀향」 전문

시에는 사람 내음이 배어 있어야 한다. 넓은 바다를
유영하듯 살다가 동분서주 힘들게 좌충우돌의 삶을 사
는 삶, 그런 삶 가운데 진정한 사랑과 감성이 되살아
난다. 이는 마치 식물의 물관부와 같은 것이리라. 한참
빨려 들어가다 보면 사람이, 사람의 영혼이 문득 새로
눈을 뜨거나 피어나는 때가 있다. 시인은 욕지도에서
부산에서 충무 할매김밥 집에서 잠시 서 있었고, 그때
내 삶의 앙금도 있었다. 재약산의 가을도 보았다. 그걸

시인은 그대로 적은 것이다. 이것이 시가 된 것이다.

어둑새벽을 깨우는 은은한 종소리는
미명 속에 물결 되어 밀려오고
그 물결 위에 살며시 앉아서
마음속 앙금 하나씩 꺼내 띄워 보낸다

이십여 년 띄우고 띄워 보내지만
새벽을 여는 종소리 마음도 깨우고
고향의 바닷바람도 가슴에 와 닿는데
샘물처럼 솟는 앙금 마르지 않네

석양의 해거름 어둠의 울타리 만들어
마음의 앙금 하나, 둘 싹틔우고
임 향한 마음 그리움에 젖어 들어도
그대에 대한 앙금 해금할 길 없네

어둑새벽을 깨우는 은은한 종소리는
오늘도 어김없이 울려오는데
발밑의 낙엽은 소리 죽여 누워서
밝아오는 여명 온몸으로 맞는구나
  - 시 「앙금」 전문

때론 상처가 시를 낳는다. 시인은 재미라는 말 안에
인생 전부, 전반을 우겨넣을 수 있다면 좋겠지만 아름
다운 경치는 시가 되지 않는다. 이는 앞에서 말한 것

처럼 사람의 냄새가 배어 있지 않기 때문이다. 사람이
야말로 진정한 절경이다. 삶에서 앙금을 털어내고 시
인의 말처럼 해금해야 한다. 밝아오는 여명을 온몸으
로 맞는 기쁨, 그것이 시 쓰는 즐거움이리라. 그래서
사람 내음이 담긴 절경만이 우선 시가 되는 것이다.
시를 쓴다는 것은 그 대상이 무엇이든 결국 사람들이
공감하고 감상하는 것이다.

태종대
등에 업고 오륙도 보며 꿈 키웠네
갈매기 울부짖던 날 나도 울었다네
영도다리 오가던 슬픈 추억의 다리 위

용두산
높은 탑 올려보던 그 높은 이상은
이제는 남의 땅 그리움만 가득히
깊은 가슴에 눈물 머금고 내려다보네

가슴에
슬픈 추억 묻고 길 떠난 이 십여 년
그대 부름에 주춤 또 망설이며
묻고 떠난 추억 아련히 떠올리네

부산항
넓고 푸른 바다는 내 마음의 고향
눈길 발길 머문 곳 갯내음마저도
모두 다 그대의 포근한 품 안에 안기리
– 시 「추억 속의 부산」 전문

우리는 자신의 입장에서 무엇인가를 보고 싶어한다. 심지어 그것을 제 맘대로 갖고 싶은 욕망이 있다. 그것이 다름 아닌 그리움이다. 그리움은 침묵처럼 일견 아무 힘이 없는 것 같지만 우리 마음에 파동을 일으키는 바닷바람 같은 것이다. 그 속에 파도의 물결도 함께 한다.

그리움은 아무 말도 말하지 않으면서 모든 것을 말하는 방식이다. 그러한 그리움은 우리에게 허기를 일깨운다. 허기는 '안'에서 느끼는 것이다. '밖'에서 느낄 수 없다. 그런데 허기에는 격렬한 숨죽임이 있다. 그래서 허기는 비워내는 것이다.

바로 시 쓰기라는 그 비움의 행위가 아름다움을 불러온다. 시인이 비워서 충만해지는 상태가 바로 아름다움이다. 삶에서 혹은 시 쓰기는 허기진 사람에게만 작동한다. 그 그리움에서 시는 탄생하는 것이다.

갈매기 노래하는 내 고향 욕지도
구름 한 점 없는 파란 하늘 아래
짙푸른 바다 넘실대는 옥빛 물결은

천왕봉 석양 걸려 오도 가도 못할 때
붉은 노을 불타듯 온 섬 감싸 안고
뭉게구름 그림 그리며 산 고개 넘네

저 멀리 뱃고동 소리 반가워하며

고향 떠나간 자식 휴가 찾아온다고
늙으신 어머니 기다림에 울먹이네

자식 그리워 얼마나 애태웠던가
왔는가 싶더니 쉬이 돌아간다네
못다 헤쳐 푼 모정의 뜻 알거나 가는지
– 시 「모정」 전문

　그렇다. 오태수 시인은 복화술사(複話術)을 지닌 사람처럼 한 일(一)자로 두 입술을 포갠 채 무수한 바닷바람을 맞이하고 파도를 일으킨다. 다양한 빛깔의 그리움이라는 진동음을 발산하는 것이다. 분명히 시인의 가슴을 버리고 간 상처 자국, 부재하는 아름다움이 우리를 그리움으로 노래하게 한다.

석양을 등에 메고 가파른 오르막길
그대들 두 손 잡고 마음에 발맞추어
부엉이 기다리는 어둠의 골짜기로

솔잎은 은은하게 그 향기 뿜어내고
바다의 맑은 바람 뒤에서 밀어주며
우정은 싹틔우고 친구는 영원하네

정답게 걸어가는 그 모습 아름다워
마음에 그 모습을 이제나 그려보며
그 이름 선희 옥이 영원히 잊지 않네

고향의 오솔길은 언제나 있지마는
못 오는 천 리 고향 바다가 길을 막나
고향의 우정 친구 한 번쯤 찾아보세
        - 시 「선희와 옥이」 전문

　그리고 오태수 시인의 정신 풍경을 가장 잘 드러내
주고 있는 시어는 바로 '바다'다. 모든 시인은 '자연'에
관심을 갖는다. '예술은 자연의 모방'이라는 아리스토
텔레스 말을 떠올리지 않아도, '자연으로 나아가라'는
루소의 외침을 상기하지 않아도 시인은 본능적으로 자
연을 탐색하고 자연 속에서 예술의 소재를 찾게 마련
이다. 자연만큼 진리에 가깝고 신의 모습을 뚜렷하게
보여주는 것도 없기 때문이다.
　그럼 오태수 시인에게 나타난 '바다'는 어떤 바다인지
함께 살펴보기로 하자.

파란 하늘만 보아도
고향의 하늘이 그립고
하얀 파도만 보아도
고향의 소리가 들려온다

뜨거운 날씨만 되어도
고향의 바다가 그립고
갈매기 우는소리만 들려도

욕지도의 소식이 궁금하다

언제나 잊지 못할 그리운 고향
오늘도 파란 하늘만 바라보며
두고두고 그리운 고향 생각에
온몸은 땀으로 오늘을 젖는다

고향이 있기에 그리운 사람 있고
그리운 사람 있기에 고향 생각난다.
고향 소리만 들어도 가슴 설레던
그리운 고향 내 잊지 못할 욕지도여
－ 시 「내 고향 욕지도」 전문

위 시에서 우리는 오태수 시인의 '바다'는 어떤 바다인지 짐작케 하는 단서를 발견할 수 있다. 바로 파란 하늘을 보고 하얀 파도만 보아도 고향의 모습을 찾는 그리움이다. 다시 말해 그리운 사람들을 떠올리는 것이다. 그런 면에서 오태수 시인의 바다는 바로 '고향'이다.

남도의 끝자락에 말없이 누운 너 세상만사 모진 풍파다 겪은 너는 요즘 살을 찢고 뼈를 깎는 고통을 견디며 새로이 태어나길 갈망하는 너는 어쩜 그렇게 태연할 수 있을까?

너의 허리를 너의 어깨를 대수술하는 일명 관광일주

도로라는 미명 아래 산산이 부서져 가는 그 모습 너무도 처연하구나.
그런 너를 난 아직도 짝사랑하고 있나 봐.

천혜의 요새라 군화가 난무하더니 너의 두상에는 오늘도 어지러운 팔랑개비만 힘차게 돌아가네.
가까이 하기에는 이제 먼 당신 영원히 올라가지 못할 곳 그저 먼 동쪽 하늘만 바라보는 너의 안타까운 신세 그 누가 알아주리오.

약개봉, 망대봉 아래 줄줄이 엮은 우리네 동네 총바위, 고래 머리, 청사, 몽돌개, 대구지, 흰 작살, 선돌배기, 골개, 옥섬만, 세 개의 작은 바위섬, 삼여도의 아름다운 풍광 그 자체보다 더 아름다운 우리네 동네 이름들을 내 어찌 다 잊으리.

잡는 어업에서 기르는 어업으로 전환하자는 구호 아래 몇몇 사람만이 풍요로운 혜택을 누릴지 모르나 청정해역은 썩을 대로 썩어가고 배양장이라는 새로운 기업을 영입하여 폐수와 소음 난잡한 건물들 그 어느 때 묻지 않은 곳이 없구나.

너의 포근한 가슴속의 작은 섬 옥섬
그 아름다운 모습은 어디로 가고 흉물스러운 건물만이 너의 아픈 마음을 대변해 주는 듯하구나.
아픈 몸 어루만져 주던 물결 같은 손길은 칸칸이 막혀 너의 아픈 곳 시원한 손길 한번 못 가구나.

한 여름 수많은 별이 너에게 쏟아져 내려올 것 같은 밤 휘황한 집어등 켜고 그물 쳐서 멸치 잡던 그 아름답던 밤의 야경은 이제는 영영 찾아볼 수도 없겠구나.

너를 둘러싼 아름다운 크고 조금만 섬들 내 어찌 다 잊으리. 좌사리 섬. 이상한 종교 집단처가 되어버린 국도, 옛 도인이 연화의 세계를 꿈꾸며 도를 닦았다던 섬, 연화도, 소처럼 생겼다는 우도, 납작하다고 납섬, 머리와 꼬리뿐인 두미도, 그리고 너의 난간 격인 섬 노대도.
옛날 천상의 나라를 찾아갈 적에 개가 인도하였듯이 연화의 세계로 안내하는 개섬. 그리고 알 수 없는 깊은 뜻을 품고서 연화의 세계로 향하는 너는 한 마리의 거대한 거북이어라.
내 어찌 너를 사랑하지 않으리!
- 시 「내 고향 욕지도 사랑」 전문

시인은 변해 버린 내 고향 욕지도에 대한 안타까움을 표현하고 있다. 시인에게 바다는 고향인데 안타깝게도 고향이 인위적으로 파괴되고 변해가고 있다. 그러나 시인의 고향 욕지도는 망망대해를 바라보는 연화의 세계를 꿈꾸는 섬인 것이다.
연화세계(蓮花世界)는 불교에서 말하는 아미타불이 살고 있는 정토(淨土)다. 괴로움과 걱정이 없는 지극히 안락하고 자유로운 세상인 것이다.
시인은 사실적으로 현재의 아픈 고향 욕지도의 모습

을 선문답하듯 표현하고 있다. 관광 개발과 군부대가 들어오고 건물이 들어서고　간의 욕심으로 그 아름다운 모습이 무너지고 사라지고 있다. 이에 시인의 마음은 아프다. 오늘날 환경문제는 지구에서 가장 시급한 문제다. 온갖 오염물질로 뒤덮여가는 지구를 생각하면 숨이 막힐 지경이다. 땅에서 바다에서 하늘에서 오염은 날로 심각하여 인류를 위협하고 있다. 갖가지 묘안을 짜내어보나 그 효과는 미미하다. 일본의 원전의 위협 상태 또한 상존한다. 목전의 이익에만 혈안이 되어 환경을 파괴하는 행위를 시인은 은근한 어조로 질타하고 있다. 부당한 처사를 보고 분노하지 않고 비판하지 않는다면 그것은 시인이 아니다. 다른 어떤 시편보다도 이 시에서 그의 시정신이 확연히 드러난다. 고향을 아끼고 사랑하는 마음, 그리고 환경파괴에 대한 자신의 분명한 가치를 분명히 드러내고 있다.

바다는 단번에 그 의미가 들어오지 않는 광대한 공간이다. 지구(地球)라는 표현은 잘못 되었다. 산보다 물이 많으니 수구(水球) 혹은 해구(海球)라고 해야 맞지 않을까? 이 망망대해를 포함하고 있는 바다 이미지 중에 오태수 시인이 차용하고 자기를 투영하고 있는 바다는 어떤 바다인가?

바다는 다시금 말하지만 오태수 시인에게 고향이요 연화세계다. 그리움을 품고 있는 바다다. 그래서 시인은 가고 싶고 만나고 싶은 바다이며 날마다 가슴에 품고 꿈꾸는 바다다.

미소가 예쁜 해국은 쪽빛 바다 그리워 차츰차츰 아슬아슬
그리운 임 향해 작아도 큰사랑 키우며 낭떠러지 무릅쓰고
기다림의 긴 침묵 바닷바람에 그리움 띄워 보내고
그리움 파르스름 물들던 쑥부쟁이 너는 어디서 배
시시 웃고 있나

파란 하늘은 가을을 낳고 하얀 구름은 그리움 띄우며
가랑비에 젖고 젖어서 울며불며 가을이 다가오는데
쪽빛 바다 향해 그리움 찾아 하얀 미소 방긋방긋 지으며
차가워도 시려도 작은 몸 낮춰 그리움 품고 기다리는
내 어찌 너를 잊었다 해도 정작 보고 싶음은 너뿐인가 보다
- 시 「들국화」 일부

시란 오묘하고 다양한 뜻을 내포하고 있다. 한 편의 시엔 그 시가 태어나기까지의 경험이 있고 복잡한 창작이 있고 시인의 사상과 철학이 있다. 그리고 시인만의 독특한 경험이 녹아있기도 하다.

내 짧은 안목으로 어찌 한 시인의 시를 안다고 말할 수 있겠는가. 아직도 의미를 감추고 독자에게 얼른 모습을 드러내려하지 않는 시가 이 시집에도 여러 편이 있다. 때로는 시가 분명한 의미를 내보이지 않고 모호할 때가 많다. 말로 설명할 수 없는 오묘한 일이 자연

계에도 또 인간 세상에도 있게 마련이다. 그렇다고 시가 그것을 따라서 애매하거나 모호하게 만들어져야 할 필요는 없다. 아무리 적절한 표현을 찾아보아도 그렇게 표현될 수밖에 없는 한계를 담은 필연적인 경우도 있기 마련이다.

오태수 시인은 뒤늦게 문단에 나온 시인이다. 하지만 꾸준하게 문장수업을 하면서 자신만의 창의적이고 개성적인 표현으로 나름대로의 영역을 확보했다. 열정적인 창작활동으로 수많은 시적인 경험을 통해 계속적으로 발전하고 있다. 부족한 점을 보완하면서 시와 함께 풍요로운 삶으로 가꾸어가길 바란다.

우리나라의 4계절은 정말 아름답다. 계절마다 그 독특한 아름다움으로 우리를 맞이하고 있다. 바쁜 일상 속에서도 서점에 가서 시집 한 권 사 읽는 마음, 고향과 연화세계를 찾는 마음의 여유를 갖기를 원한다.

■ 글벗시선 155 오태수 첫 번째 시집

바닷바람이 머무는 곳

인 쇄 일 2021년 12월 26일
발 행 일 2021년 12월 26일
지 은 이 오 태 수
펴 낸 이 한 주 희
펴 낸 곳 도서출판 글벗
출판등록 2007. 10. 29(제406-2007-100호)
주   소 경기도 파주시 와석순환로 16,(야당동)
        롯데캐슬파크타운 905동 1104호
홈페이지 http://guelbut.co.kr
E-mail juhee6305@hanmail.net
전화번호 031-957-1461
팩   스 031-957-7319
가   격 15,000원
I S B N 978-89-6533-202-2 04810